Beverly Hills, 90210
Vacances au Beach Club

BEVERLY HILLS, 90210

90210	*J'ai lu* 3637/4
Pas de secrets	*J'ai lu* 3638/4
Vacances au Beach Club	*J'ai lu* 3716/4
Rendez-vous dans dix ans	*J'ai lu* 3717/4
Frères ennemis	*J'ai lu* 3860/4
A cœurs perdus	*J'ai lu* 3861/4
Nuages à l'horizon	*J'ai lu* 3958/4 *(juillet 95)*
Des plans d'enfer	*J'ai lu* 3959/4 *(juillet 95)*

Vacances au Beach Club

**Un roman de
Mel Gilden**

**D'après les scénarios de Charles Rosin,
Steve Wasserman & Jessica Klein,
et Jonathan Roberts**

**Basé sur les séries télévisées créées
par Darren Star**

Traduit de l'américain
par Catherine Berthet

Éditions J'ai lu

Titre original :

BEVERLY HILLS, 90210 - WHICH WAY TO THE BEACH ?
HarperPaperbacks, a division of HarperCollins
Publishers, New York

Copyright © 1992 by Torand,
a Spelling Entertainment Company
All rights reserved

Pour la traduction française :
© Éditions J'ai lu, 1994

1

Des draps de bain par millions

Brandon Walsh faillit s'endormir dans l'autobus qui le menait à la plage. C'était l'été et il avait de plus en plus de mal à aller se coucher le soir. Lorsque le soleil disparaissait, peu après 8 heures, l'air devenait soudain plus frais et plus léger. Le seul fait de respirer était *enivrant*... enfin, le terme n'était peut-être pas idoine ! A ce moment-là, rien de plus normal que de traîner dehors, ou d'aller jouer au basket-ball jusqu'à minuit. Le lendemain paraissait à des années-lumière ! Jamais il n'avait connu des étés pareils dans le Minnesota.

Malheureusement, il finit toujours par être 5 h 30 du matin. C'est une fatalité aussi incontournable que les examens de fin d'année. Et là, peu importe que le soleil ne soit pas encore levé, qu'il fasse nuit noire et que vous soyez en plein milieu d'un rêve ensorcelant. Il faut se lever.

Cette nuit-là, Brandon avait fait un rêve super : une créature de rêve sur une plage de sable fin. La fille était grande, blonde, et marchait vers lui. Dans son regard, pas la moindre trace d'hésitation. Sa robe de soirée légère et soyeuse s'enroulait autour de ses chevilles et le vent plaquait son corsage transparent sur ses seins. Dans la main gauche, elle portait une paire d'escarpins couleur d'écume.

— Viens, Brandon. J'ai envie de toi.

Brandon n'avait pas la moindre objection à formuler. Mais il mettait un point d'honneur à rester cool. A la limite de l'indifférence. Dans ses rêves, il était toujours cool, quoi qu'il advienne.

Les bras croisés sur la poitrine, les yeux fermés, Brandon s'étira légèrement sur son siège, tentant de retrouver la grisante sensation éprouvée en rêve, quand les bras de la fille s'étaient refermés autour de son cou. C'est à cet instant précis que son père l'avait secoué d'une main énergique pour l'arracher aux bras de Morphée. Le bus de la plage passait devant chez eux à 6 h 30 et il ne pouvait pas se permettre de le manquer.

Naturellement, tout aurait été différent s'il n'avait pas cassé sa bagnole, sa pauvre chère vieille Mondale, un jour où il avait bu un verre de trop. C'était débile ! Avec Mondale, il aurait pu se rendre à la plage à l'heure qui lui plaisait, sans avoir à se préoccuper d'horaires d'autobus. Et puis s'il n'avait pas bousillé Mondale, il n'aurait pas eu besoin de bosser pendant l'été. *Enivrant...* non, ce n'était franchement pas le mot.

Si seulement son père n'avait pas des opinions aussi arrêtées sur l'éducation des adolescents ! Pendant le petit déjeuner, Brandon avait essayé de lui expliquer que sa journée de travail au Beverly Hills Beach Club n'avait rien d'une sinécure. En vain.

— C'est moi le premier arrivé et le dernier parti. Et j'ai tellement de travail que je ne sais même plus où je suis. Si je ne ramenais pas autant de sable dans mes chaussures, je ne saurais même pas que le Club se trouve sur la plage !

M. Walsh s'était contenté de piquer sa fourchette dans un morceau d'ananas et de répliquer :

— Personne ne t'invitera à déjeuner le jour où tu n'auras pas le sou, mon fils. Sache qu'en ce monde, tout se paie et tout se mérite.

Brandon s'était efforcé de prendre un air dégagé.

— Tu sais, papa, si tu acceptais de financer... disons la moitié de la bagnole, je pourrais quitter ce job et me mettre un peu en vacances.

Brandon avait repéré une Mustang, millésime 1965. Une caisse super. Le vendeur lui avait promis de la lui réserver jusqu'à la fin de l'été. C'était la bagnole de sa vie. Malgré tout, Brandon n'avait pas le sentiment que ça valait le coup de lui sacrifier toutes ses vacances.

Ses arguments laissèrent M. Walsh de glace. Son père lui souhaita une bonne journée et partit travailler.

L'arrêt de bus était à quelques centaines de mètres du Club. Le soleil était déjà assez haut dans le ciel et l'air était tiède. Des filles et des garçons se dirigeaient vers la plage, radio, serviette et surf sous le bras. Encore une journée brûlante en perspective.

Dans le vestiaire du personnel, Brandon revêtit son uniforme vert et blanc. Très chic, songea-t-il avec une moue désabusée. Il y avait même son nom brodé en rouge sur la poche de poitrine. La pièce sentait le renfermé et Brandon ouvrit la fenêtre pour laisser entrer l'air pur.

Ensuite, il sortit pour inspecter le solarium et le bout de plage qui s'étalait devant l'établissement. D'un coup d'œil, il constata que la plupart des chaises longues n'étaient pas équipées de draps de bain. Brandon soupira. Il était là justement pour remédier à ce genre de chose.

Un blond bouclé et baraqué, en bermuda et sandales, traversa le solarium pour se rendre sur le terrain de volley. Un large sourire aux lèvres, Brandon lui fit un signe de la main et s'écria d'une voix compassée :

— Hé, jeune homme ! Excusez-moi !

Le type lui lança un regard dédaigneux par-dessus son épaule.

— Je suis désolé, reprit Brandon. Le club n'est pas encore ouvert. Il faudra revenir dans une quinzaine de minutes.

— Dans ce cas, *garçon*, apportez-moi un drap de bain en attendant.

Brandon se mit à rire. Steve Sanders était vraiment infernal, mais c'était ce qui faisait son charme. Certains le trouvaient drôle, d'autres le considéraient comme un frimeur. Brandon l'aimait bien, mais il s'arrangeait pour rester à l'écart de ses combines. Steve était si imprévisible qu'on ne savait jamais où cela pouvait vous mener !

— T'es matinal, aujourd'hui. T'es tombé du lit ?

— L'avenir appartient à ceux qui se lèvent tôt, répliqua Steve avec un signe de tête en direction du terrain de volley.

Brandon suivit son regard. Un type qu'il n'avait jamais vu auparavant jouait au ballon avec une blonde incendiaire. Le bikini de la nana dissimulait tout juste l'essentiel.

— Pas de bol, Steve, elle est déjà avec un mec.

— Peut-être, mais c'est pas le bon. Salut, vieux ! Te tue pas trop au travail.

Steve sauta par-dessus l'un des transats et

se dirigea vers le court de volley, une serviette sous le bras. Brandon continua d'étaler les draps de bain. Lorsqu'il eut terminé et qu'il leva les yeux, il ne restait plus que deux transats libres. Les aires de sport s'étaient remplies et les joueurs de ping-pong étaient arrivés. Généralement, les clients de l'établissement se montraient avec lui d'une indifférence polie. La plupart du temps, il avait l'impression de n'être qu'une créature invisible qui participait simplement à leur confort, au même titre qu'un parasol ou un drap de bain.

Sur l'un des courts de tennis, deux types d'âge moyen se livraient à un combat sans merci. L'un était grand, mince et musclé. Son adversaire avait une allure nettement moins sportive. Chacun avait de fervents supporters dans la foule qui les entourait. La lutte était âpre, mais les deux hommes étaient à égalité. Brandon traîna un peu sur le solarium, curieux de connaître l'issue de la partie.

Le plus grand des deux donna un puissant coup de raquette sur un côté de la table et son adversaire qui avait l'air plutôt grande gueule, s'écria :

— Out !

Ils s'observèrent un instant en reprenant leur respiration. De grosses gouttes de sueur dégoulinaient le long de leur visage et ils soufflaient comme des phoques.

— Allons, mon vieux. C'était dehors, c'est évident.

— On remet deux balles, Rattinger.

Le visage de Rattinger s'assombrit et il prit le ciel à témoin.

— Tu n'as pas vu que...

— Non, je n'ai rien vu.

— Moi, si ! s'exclama Brandon.

Un brusque silence se fit et tous les regards convergèrent dans sa direction. Brandon se mordit les lèvres. Quel instinct suicidaire l'avait poussé à y aller de son grain de sel ? Mais il était trop tard pour revenir en arrière. D'ailleurs, c'était vrai, il avait tout vu. Il fallait espérer que le perdant ne lui tiendrait pas trop rigueur de son intervention.

Rattinger le toisa quelques secondes en silence, puis déclara :

— Très bien. C'est le gamin qui va trancher. Pas d'objection, Edgar ?

Edgar ne semblait pas particulièrement enchanté, mais il se contenta de hausser les épaules en bougonnant.

— Alors, jeune homme ?

— Le point est pour M. Rattinger.

Le susnommé leva un bras victorieux et quitta le court sous les applaudissements de ses supporters.

— La partie est terminée. Merci. Merci à tous, s'écria-t-il, se pavanant comme le roi d'Angleterre en personne. Hé, petit ! Tu passeras prendre ta petite enveloppe à la réception !

Brandon éclata de rire. Ce type lui rappelait Steve Sanders, avec vingt ans de plus. Le même humour, la même insolence.

— Excusez-moi, mais... vous êtes bien Jerry Rattinger, l'organisateur de rencontres sportives ?

— D'accord, d'accord, je plaide coupable, fit Rattinger en souriant.

— Alors, vous connaissez mon père, Jim Walsh.

— Ah, t'es le fiston de Jim Walsh ? Tiens, tiens... On m'a dit qu'il envisageait de s'inscrire au Club.

— Ouais !

Soudain, cette idée lui parut la plus géniale que son père ait eue depuis longtemps. Rattinger passa un bras autour des épaules de Brandon et lui dit :

— T'en fais pas, mon garçon. Je t'en tiendrai pas rigueur.

Sur ce, il s'éloigna en riant. Il était vraiment marrant, ce mec. Super-sympa. Du coin de l'œil, Brandon vit passer une fille qui ressemblait étrangement à sa sœur. La même silhouette longue et élancée, les mêmes cheveux bruns qui lui balayaient les épaules. Mais ça ne pouvait pas être elle. Brenda et ses copines avaient décidé de profiter des vacances pour s'inscrire à un cours d'art dramatique. Cette activité occupait toutes leurs matinées et elles n'auraient séché un cours pour rien au monde.

Le soir, au dîner, Brenda ne parlait que de

«méthode», de «projection», de «mémoire des sens» et de M. Chris Suiter, leur professeur adoré.

Mais cela n'expliquait pas pourquoi elle refusait de mettre les pieds à la plage l'après-midi. Même si les Walsh ne faisaient pas partie du Beverly Hills Beach Club, elle aurait pu y entrer grâce à Brandon ou en se faisant inviter par n'importe laquelle de ses copines. Seulement voilà : si elle venait au Club, elle prenait le risque de rencontrer Dylan.

Brenda et Dylan McKay avaient rompu au cours du semestre précédent. Brenda aimait Dylan. Elle était même très très amoureuse de lui. Mais elle trouvait que leur relation avait évolué trop vite. Cette rupture les rendait aussi malheureux l'un que l'autre, mais Brenda avait décidé de ne plus revoir Dylan pendant quelque temps. Elle voulait d'abord savoir où elle en était.

Brandon trouvait un peu étranges les calculs de Brenda. Mais après tout, il n'avait jamais été amoureux et il ne pouvait pas comprendre ce qui se passait dans la tête de sa sœur. Les nanas, c'était pas simple.

Le vent se leva et les ombres s'allongèrent sur la plage. Le soleil amorçait son lent déclin. Déjà, plusieurs personnes quittaient le Club, leur serviette sous le bras. Des surfers sortirent de l'eau en tirant leur planche derrière eux, pareils à un troupeau de créatures préhistoriques posant pour la première fois le pied sur la terre ferme. L'un d'eux s'approcha de la table où Brandon était occupé à plier ses inévitables draps de bain.

C'était Dylan, l'ancien boy-friend de Brenda, l'un des meilleurs amis de Brandon. Dylan était du genre réservé, mais Brandon avait réussi à percer sa carapace. Les temps étaient durs, pour Dylan : la police et le FBI étaient à la recherche de son père. De toute évidence, Jay McKay était impliqué dans de vilaines histoires d'escroquerie.

Beaucoup de gens, parmi lesquels M. Walsh lui-même, soupçonnaient Dylan d'être aussi malhonnête que son père. Mais ceux qui le connaissaient savaient bien qu'il n'en était rien. Brandon et Brenda avaient en lui une confiance absolue. Mme Walsh elle-même semblait encline à lui accorder le bénéfice du doute. Peut-être se trompaient-ils, mais Brandon était d'avis qu'il fallait se fier à son instinct.

— Ho, hé, Dylan ! Comment tu vas ? s'exclama-t-il en posant une serviette sur la table.

Les deux garçons se serrèrent la main.

— Pas trop mal. Henry me permet d'entreposer ma planche ici, bien que papa ne fasse plus partie du Club.

Henry était le patron de Brandon. Il n'avait qu'une seule passion dans la vie : les feuilletons télévisés. Malheur à qui lui faisait manquer un seul épisode de *Dynasty*. Brandon hocha la tête et fit observer qu'Henry était très cool.

— Sandy aussi, ajouta-t-il en lançant un regard vers le solarium.

— Sandy est adorable. C'est une chouette fille ! Mais ne lui dis pas que je te l'ai dit.

Ils passèrent quelques minutes à admirer Sandy en souriant. C'était une jolie blonde, un peu plus âgée que Brandon. Elle avait sans doute fini ses études... à supposer qu'elle soit jamais allée à l'université. Pour l'instant, elle apportait une boisson glacée dans un immense verre surmonté d'une ombrelle en papier à une rombière qui ressemblait comme deux gouttes d'eau à George Washington. Brandon reporta son attention sur Sandy. C'est fou ce qu'elle remplissait bien son uniforme vert !

— Désolé, pour Brenda et toi, ajouta-t-il au bout d'un moment.

Dylan haussa les épaules.

— C'est le genre de chose qui arrive. Pas la peine d'en faire un fromage.

— Tu sais, tu peux quand même passer me voir quand tu veux.

Dylan se dirigea vers le vestiaire et Brandon emporta sa pile de serviettes. Depuis le début de l'été, il avait plié des milliers de serviettes. Peut-être même des millions...

Tout en distribuant les draps de bain à droite et à gauche, il aperçut Steve qui jouait au volley avec sa déesse aux cheveux d'or. De toute évidence, il faisait exprès de la laisser marquer des points et ça avait l'air de marcher. Avec un air hautain et supérieur, la fille lui donna quelques conseils sur l'art et la technique du service, avant de lui envoyer la balle en pleine figure. Steve émit un rire idiot et fit un petit signe victorieux à Brandon. Sanders n'était pas un modèle de subtilité, mais il fallait admettre qu'il savait faire preuve de ténacité.

La pile de draps de bain avait nettement diminué quand Henry appela Brandon.

— Hé, Walsh! Je sais que je vais encore te briser le cœur, petit, mais j'aimerais que tu aides Sandy à préparer le buffet pour le dîner d'accueil des nouveaux membres, ce soir.

— Sale boulot... mais il faut bien que quelqu'un se dévoue.

— Exactement.

Sandy était déjà sur la terrasse, en train de disposer les fourchettes sur une superbe nappe damassée. Elle demanda à Brandon de plier les serviettes de table. Après tout, pourquoi pas? Ça le changerait des draps de bain.

De la terrasse, ils avaient une vue plongeante sur le terrain de volley. Ils virent Steve manquer le ballon et rouler sur le sable. La déesse californienne lui tendit une main charitable et l'aida à se relever.

— C'est fou ce que ces gosses de riches sont prêts à faire pour impressionner une fille majeure ! remarqua Sandy avec une moue désabusée.

— Avec ce genre de créature, je ne crois pas que ce soit une question de porte-monnaie.

— Peut-être, Brandon ; n'empêche que les deux saisons que j'ai passées à travailler dans ce Club m'ont au moins appris une chose. Les riches ne sont pas des gens comme toi et moi.

Brandon avait déjà entendu ça quelque part. Mais où ? Soudain, la mémoire lui revint et il sourit.

— Scott Fitzgerald, *Gatsby le Magnifique*. Si je me souviens bien, Hemingway lui avait répondu un truc génial, du genre : « La différence, c'est que les riches ont plus d'argent. »

— T'es super, Brandon. Ça fait plaisir de voir qu'il y a encore des gens qui lisent de temps en temps.

Sandy s'absorba pendant quelques minutes dans la disposition artistique de l'argenterie sur la table, puis elle ajouta sans le regarder :

— Tu n'étais sans doute pas encore né, quand j'ai lu *Gatsby*.

— Je n'en sais rien. Tout dépend de l'âge que tu veux me donner.

Visiblement, Sandy ne trouva rien à répondre et elle changea de sujet. Ils discutèrent longuement de ce qui était branché et de ce qui ne l'était plus. Puis Sandy avoua qu'elle ne savait que penser des végétariens. Y avait-il un quelconque avantage à se priver de viande ? Brandon n'en savait rien. Pour l'instant il était préoccupé par un sujet totalement différent : Sandy était-elle trop âgée pour lui ? Ou bien était-ce lui qui était trop jeune ? La question d'âge avait-elle la moindre importance entre deux personnes qui s'aimaient ? Réflexion faite, il prenait la chose peut-être un peu trop au sérieux.

Lorsque le soleil disparut, le buffet était prêt. Les futurs membres du Club, pour qui cette soirée était spécialement organisée, commencèrent à arriver. La plupart des hommes portaient des vestons sur des chemisettes hawaïennes aux couleurs vives, mis à part deux d'entre eux, qui avaient revêtu un smoking. Ceux-là ne devaient vraiment pas être sûrs d'eux, songea Brandon. Quant aux femmes, elles avaient toutes des robes légères et décolletées. Les parents de Brandon n'étaient pas encore là et c'était étonnant. D'ordinaire, ils étaient d'une ponctualité navrante. Invités à 19 heures, ils n'arrivaient jamais après 19 h 05. La circulation devait être particulièrement dense, ce soir.

Un orchestre se mit à jouer de vieux airs des sixties et Brandon ne put s'empêcher d'esquisser quelques pas de danse, tout en proposant coupes de champagne et canapés. Quand l'orchestre attaqua *I Can't Get No Satisfaction*, Sandy lui attrapa le bras et l'entraîna de force sur la piste. Brandon eut beau protester et clamer qu'il était nul, elle ne voulut rien entendre, et il réussit à s'en sortir sans trop lui broyer les pieds.

Sur ces entrefaites, Henry arriva et leur rappela avec un sourire bienveillant que les employés du Beverly Hills Beach Club n'avaient pas le droit de s'amuser avec les clients.

— Brandon !

Brandon leva la tête et vit ses parents qui venaient d'arriver. Henry lui adressa un clin d'œil et s'éloigna.

— Enfin, vous voilà ! Content de vous voir. Et Brenda ? Qu'est-ce que vous en avez fait ?

— Elle était au téléphone avec grand-mère et elle n'a pas voulu interrompre sa conversation.

— Quoi ?

— Du moins, c'est ce qu'elle m'a dit, ajouta Mme Walsh. C'est peut-être vrai.

Brandon leva les yeux au ciel, sceptique. Sa sœur se dérobait encore une fois.

M. et Mme Rattinger se joignirent à eux. Mme Rattinger était une très jolie femme, légèrement plus âgée que Mme Walsh, mais drôlement bien conservée. Elle avait un bronzage d'enfer, le seul ennui, c'était cette odeur de cigarette qui l'enveloppait.

Rattinger s'étonna du retard des Walsh.

— On m'a dit que vous vous étiez égarés du côté de Topanga, remarqua-t-il avec un sourire narquois.

Brandon trouvait ses boniments plutôt rigolos, mais M. Walsh réprima à grand-peine un mouvement d'impatience.

— Je vous pardonne pour cette fois, poursuivit Rattinger. A condition que vous payiez vos cotisations régulièrement ! Comme ça, votre fils pourra faire le lézard sur la plage avec ses copains.

— Ça me va ! déclara Brandon en souriant.

— Inutile de te faire des illusions, fiston, grommela M. Walsh.

Décidément, il était de mauvais poil. Mais pourquoi ?

— Viens, Jim. Il faut trouver une table, déclara Mme Walsh en entraînant son mari.

Rattinger hocha la tête et se tourna vers Brandon.

— Encore merci pour ton intervention de ce matin, petit.

— De rien, monsieur Rattinger.

— Il faudra que je te donne quelques leçons de tennis, un de ces jours.

— Quand vous voudrez, monsieur.

Rattinger le salua et s'éloigna dans la foule, serrant des mains à droite et à gauche, comme un homme politique en pleine campagne électorale.

— Le monde est petit, tu trouves pas ? fit observer Brandon. Mon père est expert comptable et vient juste de commencer à travailler sur le dossier de Rattinger.

Sandy se détourna sans répondre et entreprit de remplir des verres de chablis.

— Oui, le monde est petit, répéta-t-elle enfin, d'un air grave.

Ça n'avait pas l'air de lui plaire. Soudain, le buffet se trouva assiégé et Brandon n'eut pas le loisir de découvrir ce qui la tracassait. Puis Henry lui demanda de l'aider à ranger. Brandon était en train de fourrer des piles d'assiettes en carton dans des sacs poubelles quand Steve surgit près de lui et s'exclama :

— Ah, tu es là, Walsh! Je te cherchais partout.

— Oui, tu vois, je m'éclate dans les sacs poubelles. Ça me change agréablement des draps de bain.

— Ah bon? Tu sais, c'est maintenant qu'on va voir courir les grunions.

— Un peu tard, pour une course, non? Mais j'espère que le tien gagnera.

— Walsh, t'es vraiment trop! Les grunions sont des animaux, ils courent à l'heure qui leur plaît.

— Eh ben, justement. J'espère que le tien...

— Arrête de déconner, Walsh. Les grunions sont des poissons. Chaque été, ils viennent une nuit sur le rivage pour pondre leurs œufs et c'est un sacré spectacle. C'est ça qu'on appelle la course. On y sera tous, tu peux emmener ta... euh... ta nouvelle copine, si tu veux.

Steve se pencha vers Brandon et lui adressa un regard explicite en haussant les sourcils, façon Groucho Marx.

Brandon souleva un énorme sac en plastique et s'apprêta à le nouer avec un morceau de ficelle. Ça pesait un poids, ces cochonneries.

— Sandy a sûrement mieux à faire que de traîner avec une bande de lycéens.

— Peut-être. Mais je connais un certain lycéen qui ne lui déplairait sans doute pas...

— Steve...

— T'énerve pas, vieux. Je voulais seulement te dire ce que j'en pense.

Après tout, pourquoi pas ? Il ferait mieux d'arrêter sa fixette sur l'âge. Il avait bien le droit d'inviter une copine à aller voir des poissons faire la fête. Voilà au moins quinze heures qu'il trimait et c'était le moment de s'accorder une pause. Il commençait à devenir barjo.

La plupart des invités étaient partis et quelqu'un balayait déjà le sol jonché de mégots et de serviettes en papier. Sandy démontait la fontaine à champagne. Elle paraissait aussi fatiguée que Brandon.

Après une brève hésitation, celui-ci décida qu'il n'avait rien à perdre. S'approchant du buffet, il commença à ranger des verres propres dans des cartons.

— Euh, écoute, Sandy. Je sais qu'il est tard, mais si tu n'as rien de mieux à faire, il va y avoir la course des grunions, tout à l'heure.

— Ah bon ? Personnellement, je préfère les

courses de sous-marins, dit-elle sans interrompre son travail.

— Les courses de sous-marins ?

— Toi tu n'es pas d'ici, je parie, observat-elle en rangeant son plateau.

— Non, je suis de Minneapolis. Pourquoi ?

Sandy lui tourna le dos et poussa un chariot chargé de vaisselle.

— Les grunions peuvent débarquer sur n'importe quelle plage entre Point Conception et la frontière mexicaine. Depuis douze ans que je vis à Los Angeles, je n'ai jamais réussi à en voir la queue d'un. Alors, je te souhaite bonne chance.

Brandon agrippa le chariot d'une main et l'arrêta.

— Tu me fais la gueule ?

Sandy soupira.

— Pourquoi tu ne m'as pas présentée à tes parents ?

— Je n'y ai pas pensé. Désolé, Sandy, je ne savais pas que tu accordais de l'importance à ces choses-là.

— N'en rajoute pas.

Sandy lui reprit brusquement le chariot et le poussa devant elle. Eberlué, Brandon la suivit.

2

Une question de fric

Il la rattrapa et se posta devant le chariot pour l'empêcher d'aller plus loin. Sandy s'arrêta, furax, mais n'essaya pas de passer outre.

— Je t'assure que je suis désolé, Sandy. Vraiment.

— Ça va, Brandon, je t'en veux pas. D'ailleurs, tes parents ont l'air très gentils, mais tu vois, je ne suis pas vraiment fana de la société huppée de Beverly Hills.

— Je t'ai dit qu'on venait du Minnesota.

— Oui, mais tu vas au lycée de West Beverly Hills.

— C'est quoi, le problème ? Que je sois encore lycéen, ou bien que j'habite à Beverly Hills ?

Sandy secoua la tête et fit un petit signe de la main, comme pour éluder la question.

— La journée a été plutôt longue, Brandon. Surtout pour une doyenne comme moi. Je ne sais plus ce que je raconte.

— Alors, viens avec moi. Je connais un coin où les problèmes disparaissent comme par enchantement et où des myriades de grunions en chaleur organisent des orgies géantes.

Plein d'espoir, il chercha son regard, espérant qu'il n'avait pas tout gâché avec son humour, un peu laborieux en cette heure tardive.

— On verra.

C'était mieux qu'un refus. Mais Brandon ne pouvait pas en rester là.

— Mes potes du lycée y seront. Ça ne t'ennuie pas ?

— Et toi ?

— Non.

Sandy sourit enfin.

— Alors O.K., on va faire la fête avec les poissons.

Elle saisit la main de Brandon et celui-ci sentit soudain sa fatigue s'envoler. Leur travail terminé, ils descendirent sur la plage.

Sandy n'eut aucun mal à établir le contact avec ses copains et ceux-ci l'acceptèrent d'emblée. Ils l'avaient bien jugée, Dylan et lui : elle était très cool, et dans le genre sénile, on faisait pire.

Ils attendirent des heures sur le bord de la plage, mais les grunions demeurèrent invisibles. L'océan était magnifique et ils contemplèrent longuement les immenses vagues blanches qui venaient s'écraser sur le sable, inlassablement. La brise fraîche du large les enveloppait et ils se blottirent les uns contre les autres pour se réchauffer. Brandon était bien. Très bien, même, mais il n'aimait pas les démonstrations d'affection en public, et au bout d'un moment il en vint à des considérations plus terre à terre : il avait sûrement raté le dernier bus pour Beverly Hills. Qui allait le raccompagner ?

Steve les exhorta à attendre encore dix minutes, puis encore cinq. Peu à peu, les uns et les autres se levèrent et s'éloignèrent. Bientôt, il ne resta plus sur la plage que Sandy, Brandon et Steve. Sandy déclara qu'elle devait travailler le lendemain matin et qu'il était temps d'aller dormir. Après avoir embrassé Brandon sur la joue, elle se leva et se dirigea vers le parking.

— Désolé, Steve, déclara Brandon nullement honteux de son hypocrisie. Mais je ne peux pas la laisser partir seule.

Steve bougonna et se leva également. Tous deux escortèrent Sandy jusqu'à sa voiture. La nuit était particulièrement sombre. Sandy embrassa Brandon encore une fois, puis s'éloigna au volant de sa voiture. Les mains dans les poches, Steve et Brandon demeurèrent un moment sur le parking, à admirer la nuit profonde, les étoiles et l'océan.

— Pas chaud, hein ? lâcha Brandon.

— Je te ramène ? demanda Steve en frissonnant.

Brandon accepta. Il était si épuisé qu'il s'écroula sur son lit et plongea dans le sommeil.

Le lendemain matin, Brenda le surprit dans la cuisine alors qu'il avalait une tasse de café brûlant. Le réveil était particulièrement difficile. Elle lui reprocha d'avoir laissé la salle de bains en désordre, histoire d'affirmer son existence. Mais elle ne paraissait pas vraiment en colère.

— Qu'est-ce que tu fabriques avec le manteau de maman ?

— Oh, ça ? C'est pour mon cours d'art dramatique, répliqua-t-elle en serrant le vêtement contre elle.

Brandon allait lui demander de plus amples explications, lorsque M. Walsh fit son entrée dans la cuisine, un journal à la main. Déposant le journal à côté de lui, il se servit distraitement une tasse de café et un bol de salade de fruits.

— Salut, papa. Vous êtes partis tôt hier soir !

M. Walsh eut l'air surpris.

— Vraiment ? Euh, peut-être, oui, fit-il avant de se plonger dans la lecture du quotidien.

Brenda emplit son bol de céréales au son, souleva le couvercle du sucrier, hésita et le referma.

— D'après ce que j'ai compris, nous allons

avoir un été très «Beverly Hills Beach Club» fit-elle remarquer en haussant les sourcils.

Mme Walsh entra, un bouquet de fleurs du jardin à la main. Son mari lui adressa un regard admiratif et la complimenta longuement sur sa beauté, qui n'avait d'égale que celle du bouquet.

Brandon et Brenda échangèrent un coup d'œil intrigué.

— Alors, c'est pour quand votre inscription au Beach Club? reprit Brenda.

— Pas question de s'inscrire, répliqua M. Walsh d'un ton sans appel.

Brandon eut l'impression que le monde s'écroulait. Ses parents l'avaient trahi! C'était comme s'ils lui avaient reproché l'endroit où il travaillait, les amis qu'il fréquentait.

— Je comprends pas. Pourtant vous vous êtes bien amusés, hier, à cette soirée?

— Oui, c'était très bien, répondit Mme Walsh.

— Et vous aimez tous les deux la plage, non?

— Oh, oui.

— Alors c'est une question de fric, c'est ça?

Décidément, ses parents étaient de vrais radins! Jusqu'où iraient-ils? Brandon était sûr qu'ils seraient prêts à les faire vivre dans un taudis pour économiser quelques dollars.

— Il ne s'agit pas *seulement* d'argent, répondit M. Walsh, visiblement mal à l'aise.

— Alors, c'est quoi, le problème ? fit-il, sarcastique.

M. Walsh prit son air grave des grands jours et des grands sermons. Dans ces moments-là, c'était Moïse en personne, révélant à son peuple la loi du Seigneur.

— Une ou deux soirées en compagnie de Jerry Rattinger, passe encore. Cela peut même être amusant. Mais à la longue, ça peut devenir gênant. Enfin... je veux dire qu'il vaut mieux ne pas mélanger sa vie sociale et sa vie professionnelle.

— Quelle vie sociale ? rétorqua Brenda du tac au tac.

Mme Walsh lui lança un coup d'œil désapprobateur.

— Désolée, maman. C'est sorti tout seul.

Brandon était hors de lui. Les parents étaient en train de lui gâcher la vie et ils ne s'en rendaient même pas compte. Tous les gens bien qu'il connaissait étaient membres du Club. Jerry Rattinger, par exemple ! Pour qui allait-il passer, lui, Brandon, s'ils refusaient de s'inscrire ? Un de ces jours, son père allait vraiment les obliger à vivre dans un taudis !

— Le Club est sans doute trop chicos pour vous ?

M. Walsh chercha un soutien du côté de sa femme.

— Je n'ai jamais dit ça. N'est-ce pas, ma chérie ?

Mme Walsh secoua la tête.

— Alors, votre décision est prise, c'est sûr ?
— Désolé, Brandon.
— Rien ne pourra vous faire changer d'avis ?
— Non, Brandon. Je pense qu'il n'y a plus rien à dire.
— On est au moins d'accord là-dessus, papa.

Brandon avait besoin de bouger. C'était un vrai supplice de rester assis là, et il détestait discutailler avec ses parents.

— Merci pour le p'tit déj, maman, déclara-t-il en se levant.

— Où vas-tu ? questionna M. Walsh d'un ton irrité.

Brandon aurait bien aimé répondre « dans une fumerie d'opium », mais ça n'aurait rien arrangé.

— Au Club.

— Je croyais que c'était ton jour de congé ? fit remarquer Mme Walsh.

— C'est exact.

Brandon monta dans sa chambre, prit ses affaires et sortit en refermant la porte le plus doucement possible. D'abord, il détestait les gens qui claquaient les portes, c'était d'un vulgaire ! Et puis ça ne ferait pas de mal à ses parents de se demander où il était passé.

Brenda adorait le cours dramatique et elle adorait leur professeur, M. Suiter. Mais pour le moment, celui-ci faisait pleurer Andrea.

Andrea Zuckerman était la rédactrice en chef du *Beverly Blaze*, le journal de l'école, et ce n'était pas le genre de fille à se complaire dans les manifestations d'émotion. Au début, M. Suiter avait eu un peu de mal à lui tirer des larmes, mais maintenant qu'elle était lancée on avait l'impression que rien ne pourrait calmer ses sanglots.

Andrea était assise sur l'estrade, au milieu de la grande salle. M. Suiter et les étudiants l'observaient en silence. Nul ne fit le moindre geste pour aller la consoler. Brenda savait bien qu'il ne s'agissait que d'un exercice sur la fameuse mémoire des sens, mais le chagrin d'Andrea la mettait mal à l'aise. On aurait dit qu'elle était réellement désespérée. A la fin, Andrea enfouit la tête dans les mains.

— Merci, Andrea. C'était super! dit M. Suiter.

Brenda et les autres se mirent à applaudir, tandis qu'Andrea souriait à travers ses larmes.

— Vous avez bien vu la différence? demanda M. Suiter en se retournant vers la classe. Tout à l'heure, elle faisait seulement semblant d'être bouleversée, alors que maintenant elle craque lamentablement!

Tout le monde éclata de rire. Andrea s'essuya le visage avec un kleenex et M. Suiter déclara :

— Maintenant, nous allons passer à quelque chose de complètement différent. Ma prochaine victime sera... Brenda !

Andrea retourna s'asseoir avec les autres et Brenda prit sa place sur l'estrade, tout en serrant contre elle le lourd manteau de laine de sa mère. C'était super. Du vrai théâtre ! Et elle adorait quand M. Suiter parlait d'elle en cours.

— J'ai demandé à Brenda d'apporter le manteau de sa mère pour ce nouvel exercice sur la mémoire des sens. Brenda, raconte ton histoire à tes camarades.

C'était un peu embarrassant de parler de ça devant tout le monde. Mais après tout, c'était ça, le théâtre : montrer toutes les facettes de sa personnalité, même les plus vulnérables. Les doigts crispés sur le vêtement, elle commença.

C'était en hiver et elle avait cinq ans. Ses parents les avaient emmenés faire des courses, Brandon et elle. Dans le magasin, on lui avait dit de ne pas quitter son frère. Mais l'escalator l'avait irrésistiblement attirée et elle s'était amusée à monter et à descendre, plusieurs fois de suite. Soudain, elle s'était aperçue que Brandon et ses parents avaient disparu. Folle de panique, elle s'était imaginée abandonnée dans le magasin, jetée à la rue, mourant de faim, de froid et de solitude. Au bout de quelques minutes, elle avait fini par retrouver Brandon et ses parents. Sa mère l'avait serrée contre elle et embrassée.

— Aussi longtemps que je vivrai, je ne pourrai oublier ce moment-là... et l'odeur rassurante du manteau de laine de maman.

— Wouah... marmonna David Silver.

David était vif et drôle, mais un peu bête. Brenda ne comprenait vraiment pas ce qu'il faisait dans ce cours avec eux.

— Tu as raison, David, lança M. Suiter. C'est exactement ce que je ressens. Mais la question à dix mille dollars, la voilà : Brenda Walsh peut-elle recréer l'émotion ressentie à cet instant-là en s'aidant du manteau de sa mère ? D'après moi, la réponse est oui.

Une sonnerie annonça la fin du cours.

— Nous saurons demain si j'ai vu juste.

En suis-je capable ? se demanda Brenda. Il lui faudrait retrouver cette enfant qui sommeillait toujours en elle.

Le manteau serré contre sa poitrine, elle sortit de la classe entre Andrea et Donna. Celle-ci lui demanda la permission de prendre le manteau, et faillit le laisser tomber.

— Je n'ai jamais vu un vêtement aussi lourd !

Elle le serra contre elle et le renifla, comme Brenda venait de le faire. Andrea poussa un soupir.

— J'ai réussi à pleurer, mais c'était tellement forcé ! On sentait quelque chose d'artificiel.

— Ne sois pas si dure avec toi-même, Andrea. Tu as été géniale. J'ai cru que tu étais vraiment malheureuse.

— C'est vrai ?

— Dis donc, il doit faire drôlement froid dans le Minnesota ! remarqua Donna.

— Froid ? C'est pas exactement le mot. Disons que pendant six mois de l'année, on dirait que tu vis dans un igloo !

Kelly Taylor les attendait devant la porte. Elle portait un jean troué, des sandales et un T-shirt teint comme dans les années 70. Tenue de plage obligatoire.

— L'hiver dans le Minnesota ? Rien que d'y penser, j'ai les doigts de pied gelés ! déclara-t-elle en faisant la grimace. Vous venez à la plage ?

Kelly était la plus jolie blonde de Beverly Hills et c'était elle qui avait aidé Brenda à s'intégrer à la vie du lycée. Depuis, elles étaient les meilleures amies du monde. Brenda enviait à Kelly sa mère, qui était super-cool, et sa carte de crédit qui semblait n'avoir aucune limite. Et Kelly était un peu jalouse de la vie de famille de Brenda.

— Je suis partante, dit Donna.

Mais Brenda fronça les sourcils et refusa. Après tout, elle était une vraie actrice, non ? Elle n'aurait aucun mal à leur jouer la scène de l'indifférence.

— Amusez-vous bien, les filles.

— Quoi ? Tu ne viens pas ?

Kelly paraissait réellement étonnée.

— Je veux préparer cet exercice, rétorqua Brenda en récupérant son manteau et en le caressant comme s'il s'agissait d'un chat.
— Oh, Brenda, déconne pas.
— Non, Kelly, Brenda a raison !

C'était David qui venait de parler. Brenda n'avait même pas remarqué qu'il les avait suivies.

— Un artiste doit obéir à ses impulsions, suivre sa divine inspiration...
— Merci, David. Toi au moins tu me comprends.

Il est quand même un peu zarb, ce type, songea-t-elle en se forçant à lui sourire.

— Et puisque Brenda préfère suivre la divine inspiration en question, il vous reste assez de place dans la voiture pour m'emmener avec vous, les filles.

Donna et Kelly le regardèrent avec une horreur mal dissimulée.

— Mais ne vous inquiétez pas : je ne vois aucun inconvénient à m'asseoir à l'arrière.
— Merci, Brenda ! lança Kelly, sarcastique.

Lorsqu'ils furent partis, Brenda demanda à Andrea ce qu'elle avait prévu de faire l'après-midi. Aucune des deux n'avait de voiture et elles se dirigèrent ensemble vers l'arrêt d'autobus.

— La même chose que toi, répondit Andrea. Eviter de mettre les pieds à la plage.
— Ah, tu avais deviné ?

— C'était clair comme de l'eau de roche, ma belle.

— Si je tombais nez à nez avec Dylan, je crois que j'en mourrais. Tu comprends ?

Andrea hocha la tête d'un air morne.

— Brandon ne te parle jamais de moi ?

Brenda lui posa une main sur l'épaule, hésita, mais ne trouva pas ses mots. Brandon était obnubilé par une certaine Sandy, une fille plus âgée que lui.

— Ça ne fait rien, murmura Andrea.

Elle esquissa un sourire, bien moins convaincant que les larmes qu'elle avait versées un peu plus tôt.

Brandon s'était imaginé qu'une partie de tennis avec un vieux comme Jerry Rattinger devait être mortellement ennuyeuse. Mais après une minute de jeu, il se rendit compte qu'il s'était trompé. Rattinger était un adversaire rapide et très motivé.

Brandon s'exclamait chaque fois qu'il marquait un point : « La chance des débutants ! » Mais au fur et à mesure que le jeu progressait, Rattinger était de plus en plus sceptique : la chance avait bon dos ! Brandon finit par gagner, de justesse. Pour ménager la susceptibilité de Rattinger, il le complimenta sur ses qualités de professeur.

Après avoir pris une douche et s'être changés, ils se retrouvèrent à une table, près des terrains de volley. De là, ils avaient une vue imprenable sur le solarium — entendez par là, sur les filles qui s'y faisaient rôtir. Tout en consultant le menu, ils ne pouvaient s'empêcher de lorgner ce paysage enchanteur.

— Alors, dit Rattinger, tu parles de quoi, avec ton père ?

— Ben, on se parle pas beaucoup. On travaille tous les deux et on se voit pas souvent.

— Ça ne va pas du tout !

Rattinger avait protesté un peu trop fort, comme s'il était vraiment en colère.

— Si tu n'as pas de vraies vacances à ton âge, quand en auras-tu ? Certainement pas quand tu seras père de famille !

— Allez dire ça à mon père. Il a refusé que je m'inscrive au hockey parce que les horaires ne collaient pas avec mon emploi du temps.

Il y eut un silence. Ils en profitèrent pour admirer deux nanas qui traversaient le patio en assurant la mort. Incroyable. Des filles pareilles, c'était incroyable ! Mais ce qui était vraiment ahurissant, c'était que Rattinger l'avait invité à déjeuner et qu'il lui parlait d'égal à égal. Brandon n'en revenait pas.

— Je ne voudrais pas critiquer ton père... C'est un homme sincère, honnête, travailleur. Mais il ne comprend pas qu'ici, la vie est différente. A L.A. tout dépend du regard des autres. Ce qui compte, ce n'est pas ce que tu es réellement, mais ce que les autres pensent de toi. Tu piges ?

— Ouais.

Rattinger avait raison. Socialement, c'était un vrai suicide de ne pas s'inscrire au Club. De loin, Brandon vit Sandy traverser le patio et disposer des sets sur les tables. Rattinger se pencha par-dessus la table et demanda d'un air complice :

— Alors, c'est quoi, la voiture de tes rêves ?
— Une Mustang 65 décapotable.
— J'en ai eu une, autrefois.

Une nana moulée dans une robe en lycra jaune et perchée sur des talons aiguilles passa près d'eux en balançant les hanches.

— J'en ai eu une comme ça aussi, ajouta Rattinger avec un sourire nostalgique. Mais c'était il y a longtemps, dans une autre vie. Maintenant j'ai une femme, deux filles, deux chats, un chien... bref, une vie de famille. Hé, ho ! Sandy ! Est-ce que quelqu'un va se décider à prendre notre commande ?

— Je vous envoie Jeannie tout de suite.
— Super-carénée, hein ? marmonna Rattinger en la regardant s'éloigner.

Brandon pouvait difficilement le contredire.

Après le déjeuner, Rattinger partit vaquer à ses affaires, mais Brandon décida de rester au Club pour voir ses potes. Steve lui confia sous le sceau du secret que les grunions allaient revenir sur la plage dans la soirée.

— Revenir ? questionna Brandon, incrédule.
— Fais-moi confiance, vieux ! C'est la vérité, j'te jure.
— Je te crois, Steve. Ce sont les grunions qui ne m'inspirent pas confiance.

Brandon donna une claque sur l'épaule de Steve et s'éloigna. Il avait un plan à mettre au point. Un truc qui avait marché pour Butch Cassidy, alors pourquoi pas pour lui ?

Ses petites affaires terminées, il partit à la recherche de Sandy. Elle s'apprêtait à rentrer chez elle et Brandon lui proposa de l'emmener faire un tour.

— Ah oui ? Et comment ? demanda-t-elle. A dos d'âne ?

Brandon n'avait pas de voiture et ce n'était un secret pour personne.

— Viens, tu vas voir.

Brandon avait loué un tandem. La première réaction de Sandy fut de refuser.

— T'es fou, on va se casser la figure !

Mais Brandon fut si persuasif qu'elle finit par accepter. En fait, l'expérience se révéla beaucoup plus difficile qu'il ne l'avait cru, surtout pour deux débutants. Il leur fallut un bon bout de temps avant de trouver un équilibre, mais ça faisait partie du jeu, et l'épisode fut ponctué de cris et de rires.

Ils laissèrent le tandem au bout d'une allée cimentée et s'installèrent sur un énorme rocher qui surplombait l'océan. L'air de la mer était vivifiant. Dans ce cadre grandiose, avec

Sandy à ses côtés, Brandon ne s'était jamais senti aussi bien de tout l'été.

Ils restèrent un long moment assis, à contempler le soleil couchant, tous sens en éveil. Un vol de pélicans glissa dans le ciel.

— Un jour, je serai milliardaire et j'aurai une maison au bord de la mer, déclara Brandon.

Sandy parut plutôt sceptique.

— Je vais fonder une société. Je serai le président, et toi mon bras droit ou ma jambe gauche, enfin tout ce que tu voudras.

— Mais oui, c'est ça, dit Sandy avec un soupir.

Le soleil finit par plonger à l'horizon et le vent fraîchit. Brandon essayait de s'imaginer quel genre de vie pouvait mener un milliardaire. Sandy fixait un point mystérieux au loin, sur la mer. Elle hocha la tête.

— Qu'y a-t-il? demanda Brandon. A quoi tu penses?

— Je ne sais pas. C'est seulement que... je t'écoute divaguer et je me rends compte que je n'aurai jamais toutes les choses dont je rêvais lorsque j'avais ton âge.

— T'as encore du temps devant toi, tu sais.

— Oui, mais chaque minute qui passe est une minute de moins. On devrait partir, ajouta-t-elle en frissonnant.

Mais elle ne fit pas mine de se lever. Brandon n'avait pas envie de rester sur cette impression sinistre. C'était un peu comme si Sandy était sur le point de rentrer à l'hospice.

— Tu veux pas qu'on aille attendre les grunions sur la plage ?

Sandy sourit et lui caressa gentiment la joue.

— Tu es mignon, Brandon. Tu le sais, n'est-ce pas ?

C'était plutôt encourageant. Il se pencha vers elle et lui murmura :

— Et toi, tu es très jolie.

Ses mots se perdirent dans le bruit des vagues qui se fracassaient sur les rochers.

— Mais enfin, Brandon, tu n'es jamais sorti avec une fille ? Tu ne sais pas qu'on a le droit de les embrasser quand on les trouve jolies ?

Et ce fut elle qui prit ses lèvres. On ne l'avait jamais embrassé avec autant de fougue et de passion. Sandy n'était plus une gamine, elle avait même une sacrée expérience. Brandon se sentit flotter sur un petit nuage.

Ils revinrent au Club en tandem et prirent rendez-vous pour aller au cinéma le lendemain soir. Le cœur en fête, Brandon alla attendre son bus.

Le lendemain, dès qu'il arriva au Club, il se mit à la recherche de Sandy. Steve draguait une jolie petite brune, une certaine Maia. Brandon la trouva super bien roulée, mais un peu trop jeune pour Steve. Il sourit intérieurement : il était mal placé pour faire ce genre de remarque !

Quand il trouva enfin Sandy, il comprit immédiatement qu'elle avait pleuré. Elle s'excusa, décommanda leur rendez-vous et s'éclipsa, laissant Brandon perplexe. Il aurait bien voulu la consoler, mais encore fallait-il savoir ce qui n'allait pas.

C'est à ce moment que Jerry Rattinger apparut et fit à Brandon une proposition stupéfiante. Lorsqu'il rentra chez lui et raconta à ses parents ce que Rattinger lui avait dit, ils furent également sidérés, mais considérablement moins réjouis.

— Rattinger veut t'acheter une voiture ?
— Non. Il a seulement l'intention de me faire une avance sur mon salaire.

Ça paraissait pourtant clair ! Mais M. Walsh insista pour avoir des détails.

— Quel salaire ?
— Eh bien, cet été, je vais un peu me familiariser avec le job, et il dit qu'à la rentrée, je pourrai travailler comme stagiaire dans son agence de publicité. (Et il ajouta :) En relation avec le journal de l'école, quoi.

Quand on parlait du lycée, M. Walsh avait toujours une impression favorable.

— Et ton travail au Club ? demanda Mme Walsh.
— Henry comprendra. Rattinger va me payer le double, même les jours où il n'aura pas besoin de moi. J'ai tout à y gagner.

— Je ne comprends toujours pas, Brandon, reprit M. Walsh. Pourquoi te payerait-il à ne rien faire ? Sûrement pas pour tes beaux yeux !

Brandon haussa les épaules.

— Tu connais Rattinger, papa. Vous n'avez pas la même philosophie de la vie. Et puis je crois qu'il a un peu pitié de moi. Il sait qu'à L.A. sans voiture on est foutu. Tu sais, il a deux petites filles mais au fond, il regrette de ne pas avoir eu de garçon.

Cette dernière information parut porter un coup terrible à M. Walsh. Il ouvrait la bouche et la refermait, comme s'il avait du mal à trouver ses mots.

— Tu as peut-être raison, Brandon. Mais je ne m'attendais pas qu'il convoite mon propre fils !

Brandon n'avait jamais vu son père dans un tel état. Qu'est-ce qu'il allait encore s'imaginer ? Que Rattinger pouvait l'acheter avec une voiture ? Sans lui laisser le temps de s'expliquer, M. Walsh déclara qu'il montait se coucher et quitta la cuisine.

Brandon eut du mal à s'endormir, ce soir-là. Non seulement son père n'essayait même pas de le comprendre mais en plus, il refusait de discuter ! Il était sorti de la cuisine comme un zombie, sans qu'ils aient pu prendre une décision. Brandon avait voulu le suivre, mais sa mère l'en avait empêché.

— Laisse-le se calmer, Brandon. Tu lui reparleras de tout ça demain.

Le lendemain matin avant de se lever, Brandon envisagea un nouveau plan d'action. Il s'habilla rapidement et fila dans la chambre de Brenda pour lui exposer son idée.

Sa sœur était debout au milieu de la pièce, vêtue d'un short, d'un T-shirt et du vieux manteau de laine de leur mère. Impossible de lui faire dire pourquoi elle tenait à porter ce truc avec une chaleur pareille ! Elle écouta Brandon avec une impatience évidente. Avec force gesticulations, il lui expliqua la situation.

— Rattinger m'avait averti que papa serait contre. Mais je lui ai promis de tenir bon. Après tout, cette caisse, ce n'est pas vraiment un cadeau qu'il me fait, non ? Mais ce matin en réfléchissant j'ai tout compris. Papa ne veut pas que j'aie de bagnole. Il ne m'a pas pardonné d'avoir bousillé Mondale.

Brenda caressa longuement le manteau, l'air préoccupé.

— Pas sûr, Brandon. Après tout, papa ne t'a pas laissé tomber quand tu es allé au tribunal. Et il sait très bien que tu n'as plus bu une goutte d'alcool depuis l'accident.

— Alors je ne vois pas où est le problème.

Brenda le regarda bien en face.

— Ça me paraît pourtant évident.

— Quoi ? Tu crois toi aussi que Rattinger veut m'acheter en m'offrant cette bagnole ?

— C'est quasiment certain. Sinon, pourquoi il te paierait pratiquement pour rien ? A mon avis, papa a raison.

— Oh non ! T'es aussi nulle que lui.

— Ce n'est pas ma faute. Tel père, telle fille. Et puis si ça te tracasse autant, pourquoi tu ne vas pas lui parler, à lui ? C'est son avis qui compte, pas le mien.

Brenda avait raison. Il était temps d'avoir une vraie discussion. C'était l'heure du règlement de comptes à O.K. cuisine.

3

Un million d'histoires

Quand Brandon descendit dans la cuisine, sa mère lui apprit que M. Walsh était parti tôt, car il avait un rendez-vous à San Diego. Le soulagement et la colère se disputèrent le cœur de Brandon, mais ce fut la frustration qui l'emporta haut la main.

— Papa a laissé un message pour toi. Il pense que c'est à toi et à toi seul de prendre une décision en ce qui concerne la proposition de Rattinger. Vous en discuterez lorsqu'il rentrera à la maison.

Brandon avait tellement bien fourbi ses armes en vue d'un affrontement matinal qu'il se trouvait tout bête, remonté comme une pendule. Ravalant son irritation, il dit avec une patience exagérée :

— Je suis de service tard ce soir. Papa sera déjà couché quand je rentrerai. C'est bien lui, ça ! D'abord, il me fait culpabiliser à mort parce que je n'ai pas envie de m'escrimer comme un forcené tout l'été et ensuite, il travaille tellement lui-même qu'il n'a plus le temps de me parler!

Mme Walsh posa un verre de jus d'orange devant son fils.

— Ça peut bien attendre jusqu'à demain, non?

— Ouais. Bien obligé.

Tout le long du chemin, Brandon élabora un dialogue imaginaire avec son père, passant en revue tous les arguments possibles. Quelquefois cela tournait en sa faveur, quelquefois c'était son père qui avait le dernier mot. Dans les deux cas, cris et grincements de dents étaient au rendez-vous. Pas facile, comme situation.

En arrivant au Club, il vit Rattinger qui jouait au ping-pong près du solarium. Il attendit patiemment que la partie soit terminée et que Rattinger s'approche de lui, pour le mettre au courant.

— Ça me paraissait pourtant un marché honnête. Moi j'ai besoin d'un assistant et toi, t'as besoin d'une voiture. Mais si ton vieux n'est pas d'accord, laisse tomber, petit.

Il n'avait aucune intention de laisser tomber. Il n'avait peut-être pas envie de changer de père, mais cette bagnole, il la voulait vraiment. Ce n'était pourtant pas incompatible, si?

— Papa a quand même dit que c'était à moi de prendre la décision.

— Parfait. Alors, c'est bien une Mustang décapotable que tu veux ?

— Oui.

Super. Finalement, ça allait marcher. Mais Brandon se sentait toujours mal à l'aise, à cause de son père. Il traversa la plage en réfléchissant encore à ce qu'il devrait dire et faire quand ils se reverraient.

Un peu plus loin, Steve était en train de faire une brillante démonstration de volley à la petite Maia. Sandy disposait les couverts sur les tables du patio. Brandon était certain qu'elle l'avait vu, mais elle faisait comme s'il n'était pas là.

— Salut, Sandy. Ça va mieux aujourd'hui ?

— Ça pourrait difficilement aller moins bien. Voilà. Un homme averti en vaut deux.

On pouvait dire qu'elle faisait la gueule. Mais ça ne pouvait pas être sa faute. Impossible. Ils ne s'étaient pas adressé la parole depuis hier et jusque-là, elle allait très bien. Mais il pouvait peut-être l'aider.

— Tu as envie de parler ? De te confier ?

Sandy s'immobilisa, comme hypnotisée par les dessins aux couleurs vives de la nappe.

— Ecoute, Brandon... t'es très sympa mais j'ai de gros problèmes personnels en ce moment, et j'ai vraiment pas envie de raconter ma vie à un gamin de Beverly Hills.

Bouche bée, Brandon la regarda disposer

une dernière fourchette sur la table, puis s'éloigner sans ajouter un mot. Henry avait assisté à toute la scène.

— Tu veux que je te dise, Brandon? Eh ben, ce qu'on voit dans les feuilletons télé, c'est rien à côté de ce qui se passe dans ce Club.

C'était bien gentil, mais Brandon n'était pas plus avancé pour autant. Sandy continua de l'ignorer toute la journée et il évita de se mettre à portée de sa mauvaise humeur. Il plia encore quelques milliers de serviettes de bain, servit quelques milliers de rafraîchissements, répondit à quelques milliers de questions. Quand il eut fini sa journée de travail, l'air était encore tiède. Il s'assit sur un muret pour profiter du soleil de fin d'après-midi.

Steve vint s'installer à côté de lui. Son visage n'était qu'un vaste coup de soleil, à l'exception du nez, recouvert d'une épaisse couche de crème blanche. On aurait dit une glace à la fraise avec une boule de vanille au milieu. Il passa une main dans ses cheveux hirsutes et fit un signe à sa copine, qui quittait la plage avec sa mère. Drôlement canon aussi, la génitrice! se dit Brandon.

— Elle s'appelle Maia Landen, dit Steve. D'accord, elle est un peu jeune, mais je la trouve vraiment craquante, non?

— Je connais son nom, Steve. Tu me l'as

déjà répété une bonne douzaine de fois aujourd'hui. Mais quel âge elle a, au juste ?

Steve haussa les épaules.

— 'sais pas. C'est une gamine, mais tu sais, elle est très mûre pour son âge.

Brandon prit un ton réprobateur.

— Steve...

— Ah, mais attention, j'ai encore rien fait, hein. Pour l'instant, je... euh...

« Pour l'instant, il... euh... » était incapable de finir sa phrase, et il préféra changer de sujet.

— Alors, où tu en es avec Sandy ?

— Eh ben, à vrai dire, entre nous c'est un peu bizarre, tu vois. C'est un peu comme tes grunions, on se demande s'ils existent vraiment ou si c'est une invention.

— Ouais, ça me rappelle Kelly et moi.

Ils s'épanchèrent un moment sur la mystérieuse nature des relations entre individus de sexe opposé, quand Henry les appela depuis le bar. M. Rattinger avait besoin de deux costauds pour l'aider. Ils le trouvèrent sur le parking, près d'une BMW noire, faisant sauter un trousseau de clés dans sa main. De toute évidence la bagnole sortait du garage. La peinture d'un noir d'encre était si brillante qu'on se voyait dedans. Les chromes étincelaient ; on n'avait pas lésiné sur l'huile de coude. Steve reluqua la caisse d'un air d'envie.

Quel train de vie, il a, ce mec! songea Brandon.

— Vous voulez qu'on porte un paquet pour vous, monsieur Rattinger?

— Non, fiston. Je veux simplement que tu t'installes au volant et que tu me dises si ça te plairait de conduire ce véhicule cet été.

Interloqué, Brandon resta bouche bée. «Pour ses beaux yeux?» avait dit son père. Il avait vraiment de si beaux yeux que ça?

— T'as besoin d'une voiture, non?

Au prix d'un violent effort, Brandon referma la bouche.

— Ben... je me voyais plutôt au volant d'une Mustang d'occasion.

— On t'achètera la Mustang si tu y tiens, mais en attendant tu peux te servir de celle-là. Je l'ai prise en leasing au nom de ma société.

Penché par la vitre ouverte, Steve contemplait l'intérieur avec force sifflements admiratifs.

— Ne bave pas sur les sièges, Steve! fit Brandon.

— La vache! Qu'est-ce qu'elle assure, cette tire!

Rattinger lança les clés à Brandon.

— T'as qu'à aller faire un tour avec. Tu me diras si ce tas de ferraille tient bien la route.

Brandon soupesa le trousseau dans sa main. Non, il ne rêvait pas.

— Ben... je sais pas quoi dire, monsieur Rattinger.

— Je suggère quelque chose du genre: «Merci, Jerry.»

Steve leva la tête.

— Et moi, monsieur Rattinger? Si je dis: «Merci, Jerry», je pourrai avoir la même?

— Et n'oublie pas de mettre ta ceinture, petit! lança Rattinger en s'éloignant.

Mais soudain il claqua les doigts et revint sur ses pas, comme s'il venait juste de se rappeler un détail.

— Au fait, mon gars... je suis gêné de te demander ce petit service, mais...

Gêné? Il venait juste de lui donner une BMW toute neuve dans la sciure et il était gêné? Il pouvait demander ce qu'il voulait, Brandon était prêt à tout pour lui faire plaisir. Quarante mille draps de bain? Un partenaire de tennis? Qu'il siffle, Brandon accourrait.

— Excuse-nous un moment, Steve.

Rattinger passa un bras autour des épaules de Brandon et l'entraîna à l'écart.

— J'ai bien peur que ma femme n'ait bu un peu trop de vin blanc à midi, lui confia-t-il. Tu sais, avec le soleil, la chaleur... J'aimerais mieux que quelqu'un la reconduise à la maison. C'est plus prudent que de lui laisser le volant. Je l'aurais volontiers fait moi-même, mais j'ai quelques petites choses à régler au Club cet après-midi. Tu comprends?

Ça alors! Non seulement M. Rattinger lui parlait d'égal à égal, mais en plus il lui demandait de lui faire une faveur! Un truc vraiment personnel, en plus! Ce gars ne se comportait pas comme un employeur, mais comme un vrai pote. Génial.

— Pas de prob, Jerry. Vous pouvez compter sur moi.

Steve et Brandon attendirent près de la voiture, pendant que Rattinger allait chercher sa femme. Steve sifflotait, essayait de paraître cool, mais Brandon voyait bien que cette petite scène l'avait impressionné.

— Hé, Brandon. Tu te rends compte, les gonzesses qu'on pourrait lever avec une caisse comme ça?

— Ouais. Maia, par exemple?

Steve lui fit un clin d'œil.

— Maia part se faire la main, et après, à nous le gros gibier!

Rattinger réapparut, accompagné de son épouse. Celle-ci paraissait parfaitement sobre, mais comment savoir? Après tout, Brandon ne connaissait rien aux femmes de cet âge. Rattinger l'embrassa sur la joue, ce qu'elle lui laissa faire avec un ennui à peine dissimulé, et lui ouvrit la portière arrière. Mme Rattinger se laissa tomber sur la banquette et alluma une cigarette. Elle n'avait pas prononcé un seul mot.

— Sois prudent, Brandon.
— Pas de problème, Jer. Tu peux me faire confiance.

Rattinger et Steve l'observèrent tandis qu'il mettait le contact. Le moteur rugit, puis se mit à ronronner doucement. Brandon leur fit un signe de la main et démarra. Géniale, la suspension : la bagnole glissait sur le bitume comme sur du verre. Il allait faire une méga-balade, avec ce petit bijou.

Les derniers rayons de soleil baignaient l'autoroute du Pacifique d'une douce lumière orangée. Brandon contempla le tableau de bord. A part dans *Startrek*, il n'avait jamais vu autant de boutons, de leviers, de manettes et de voyants. Comment diable on allumait les codes ? Il devrait attendre le prochain feu rouge pour dénicher la bonne manette. A moins que ça ne s'allume automatiquement à la tombée de la nuit ? Avec une caisse comme ça on pouvait s'attendre à tout.

Au bout de quelques kilomètres, il s'aperçut que Mme Rattinger l'observait discrètement dans le rétroviseur. Elle tira longuement sur sa mince et longue cigarette, avant de demander à brûle-pourpoint :

— Vous travaillez pour mon mari depuis longtemps ?
— Environ un quart d'heure.

Elle avait pas l'air commode. Peut-être qu'elle avait vraiment une insolation. Ou un coup dans le nez. Ou les deux.

— Et que pensez-vous de lui ?
— Je le trouve super-sympa.

Mme Rattinger secoua la cendre de sa cigarette sur la moquette, ce qui choqua profondément Brandon. Mais après tout il n'avait rien à dire, c'était la bagnole de son mari.

— Inutile de me jouer la comédie, petit. J'espère qu'il vous a bien payé, au moins.

Payé ? Il n'était pas question d'argent. Jerry était un pote. Et puis on ne pouvait rien refuser à un gars qui vous prêtait une voiture de rêve pour tout l'été.

— Désolé, madame Rattinger, mais je vois pas de quoi vous voulez parler.

— Je parle de mon mari.

Brandon attendit de plus amples explications, mais elle ne semblait pas décidée à en dire davantage. Perplexe, il s'engagea sur Sunset Boulevard et s'arrêta à un feu rouge. Là il fallait tourner à gauche, mais où était le clignotant ? Et où Mme Rattinger voulait-elle en venir avec tous ces mystères ?

— Ce n'est pas la première fois qu'il loue les services d'un beau garçon pour me ramener à la maison. Pendant ce temps, il peut s'amuser tranquillement. J'ai cru comprendre qu'il voulait renouer avec la petite Sandy. Personnellement je ne vois pas ce qu'il lui trouve. Vous êtes au courant ?

Non, il n'en savait rien. Pourquoi lui posait-elle ce genre de question ? C'était franchement choquant. Il finit par trouver le clignotant, tourna à gauche et appuya sur l'accélérateur un peu nerveusement. Maintenant qu'elle était lancée, il y avait des chances pour que Mme Rattinger continue à lui faire des confidences, songea-t-il avec appréhension.

4

Se faire avoir ou pas

Mme Rattinger se montra intarissable. Brandon se demanda si elle était encore consciente de sa présence, il avait plutôt l'impression qu'elle parlait toute seule. Avec un calme hallucinant, elle raconta toutes les infidélités de son mari. Sandy était la dernière en date de ses maîtresses. Mais il y en avait eu une longue série : hôtesses de l'air, serveuses, vendeuses, figurantes, sportives, etc.

Brandon était abasourdi. C'était ce qui s'appelait se faire avoir en beauté ! Avec sa grande gueule et ses claques dans le dos, Jerry Rattinger s'était bien fichu de lui. Ce gars était un salaud et Brandon était le dernier des idiots de s'être laissé prendre. Un vrai pigeon. Il avait tout gobé, un grand sourire niais au milieu de la figure.

La maison de Rattinger se trouvait dans les collines ; le domaine était entouré d'un immense mur recouvert de lierre. Mme Rattinger était si préoccupée qu'elle ne se rendit même pas compte de l'humeur dans laquelle elle avait plongé Brandon. Il la déposa devant le perron et avant même qu'elle ait atteint la porte d'entrée, il fit demi-tour et ressortit de la propriété.

D'un mouvement rageur il appuya sur le champignon et la voiture fit un bond en avant. Brandon leva le pied. Pas la peine de se viander à cause d'un type comme Jerry Rattinger. Ou d'une nana comme Sandy. Elle aussi, elle s'était bien foutue de lui! Dans le rôle de la fille modeste, honnête et travailleuse, elle avait été convaincante! Pas étonnant qu'elle se soit montrée si nerveuse, ces derniers temps. Elle craignait sans doute que Jerry ne découvre qu'elle voyait Brandon. Quel genre de relation elle pouvait bien avoir avec Rattinger? Apparemment, c'était un homme à l'appétit féroce. Mais à en juger par la façon dont elle embrassait, elle ne devait pas avoir trop de mal à le satisfaire.

Brandon prenait des trous de minute en minute. O.K. il s'était fait avoir, il avait été le dernier des crétins. Mais pas question de continuer à marcher dans leur petit jeu. Et pour commencer, il allait dire adieu à la bagnole, à Sandy et au job de Rattinger!

Il faisait déjà nuit lorsqu'il regagna le Club. Il gara la BMW sous un lampadaire et examina soigneusement la carrosserie. Impeccable, pas une égratignure. La bagnole était nickel. Tant mieux, c'était pas le moment de se faire accuser de négligence.

Brandon lança un regard de regret à la BMW et alla se poster sous un bouquet d'arbres, au bout d'une allée. Le bungalow de Rattinger se trouvait à peine à une vingtaine de mètres.

Bien qu'on soit en plein cœur de l'été, il frissonnait et avait la chair de poule. La nervosité, sans doute. Il n'avait jamais aimé les affrontements, pourtant celui-ci était nécessaire. Inévitable. Il valait mieux en finir ce soir, tant qu'il était encore aiguillonné par la colère et le mépris. Demain il serait trop tard, il n'aurait plus la pêche et la nuit aurait porté ses conseils de raison.

Brandon entendit un pas dans l'allée. Sandy apparut, vêtue d'une robe rose ultra-courte et chaussée de sandales à talons aiguilles. Au lieu de sa queue de cheval habituelle, elle s'était fait un chignon sophistiqué et des petites boucles blondes retombaient sur ses tempes et sur son front. Elle était ravissante, mais son maquillage la vieillissait un peu. Brandon lui trouva l'allure d'une femme qui avait déjà beaucoup vécu.

Il attendit qu'elle ait posé un pied sur la première marche du bungalow pour surgir derrière elle.

— Hé, Sandy ! Puisque tu vas voir Rattinger, tu pourrais en profiter pour lui rendre les clés de sa bagnole.

Elle se retourna brusquement, comme si elle venait d'être agressée. Brandon jeta les clés à ses pieds. Il ne pouvait pas s'empêcher de la trouver jolie, de continuer à bien l'aimer. Et ça rendait la situation encore plus difficile.

— Ce n'est pas ce que tu crois, Brandon, dit-elle d'un air triste. Il ne s'agit pas d'une aventure sordide...

— Comment tu pourrais savoir ce que je pense, Sandy ? Tu me connais pas. D'ailleurs, je ne te connais pas non plus.

— C'est vrai, dit Sandy en ramassant le trousseau d'un mouvement rageur. Tu ne me connais pas. Tu ne sais pas qui je suis et ce que j'endure chaque jour pour affronter le monde. Tu n'as aucun droit de me juger, Brandon ! Tu n'es qu'un gamin qui vit sur le dos de ses parents !

Pour un coup bas, c'était un coup bas, songea Brandon. Mais il n'était pas d'humeur à se laisser faire.

— Et toi, Sandy ? Tu vis sur le dos de qui ? Allez, tu ferais mieux d'y aller maintenant, ou tu vas faire attendre ton papa gâteau.

Les stores vénitiens battirent contre la vitre du premier étage. Caché dans l'ombre, Rattinger les observait. Brandon lui adressa un petit signe moqueur et s'éloigna. Il entendit Sandy éclater en sanglots, mais il ne se retourna même pas. Cette histoire ne le regardait plus.

Debout, seul au bord de la route, il attendit l'autobus pendant de longues minutes. De temps à autre, les phares des voitures éclairaient la falaise en face de lui et il fixait les roches sombres sans les voir.

Rattinger et son père l'avaient tous deux laissé libre de prendre une décision au sujet de la bagnole et du job que Jerry lui offrait. Chacun des deux était persuadé qu'il ferait le bon choix. C'était pas facile, mais Rattinger venait de lui simplifier la vie : le choix s'était fait presque malgré lui.

Le bus n'était pas franchement bondé. A part le chauffeur, il n'y avait que deux vieilles femmes qui bavardaient gaiement entre elles et un Noir, qui paraissait perdu dans ses pensées. Brandon s'assit à l'écart et regarda par la fenêtre, d'un air morose. C'était pas drôle de prendre le bus. Ni pratique. Ni grandiose. Mais au moins il avait sa conscience pour lui.

Il traversa à pied les rues calmes et silencieuses de Beverly Hills. Une voiture de police ralentit en arrivant à sa hauteur, mais il ne devait pas avoir l'air suspect car elle ne s'arrêta pas. Brandon n'aurait pas su dire si ça lui faisait plaisir ou si ça l'agaçait d'avoir une allure aussi irréprochable.

Quand Brandon entra dans le salon, il vit que M. Walsh était allongé sur le canapé et faisait semblant de lire en l'attendant. Il portait encore sa chemise blanche et son pantalon gris et il avait simplement desserré sa cravate. On aurait dit qu'il venait juste de rentrer du bureau...

— Papa ! s'exclama Brandon, agréablement surpris. Content de te voir. J'ai eu des tas d'ennuis au boulot et...

— J'espère que ce que je vais te dire te fera plaisir, fiston. Tu vois, cet après-midi dans le train, j'ai eu amplement le temps de réfléchir.

Brandon avait eu le temps de réfléchir, lui aussi. Ce n'était pas la peine de laisser son père se tracasser pour des prunes.

— Papa, je...

— Brandon, je t'en prie. Laisse-moi te dire ce que j'ai sur le cœur. Ensuite, tu pourras parler à ton tour.

M. Walsh hocha la tête et poursuivit, d'un air un peu attristé, mais sincère :

— Un père doit essayer d'inculquer à ses enfants le sens des valeurs. C'est primordial. Mais il n'a pas le droit de faire passer ses propres frustrations pour de la sagesse ou de l'expérience.

— Je ne te suis pas très bien.

Ce n'était pas du tout le genre de discussion auquel Brandon s'attendait. M. Walsh haussa les épaules, comme s'il avait du mal à s'expliquer. Brandon se sentit légèrement mal à l'aise. Il n'y comprenait plus rien.

— L'autre jour, tu m'as demandé si c'était pour une question d'argent que je ne voulais pas m'inscrire au Club. J'ai réussi à éluder ta question. Mais en vérité, l'aspect financier a son importance. J'y suis confronté chaque jour, depuis que j'ai refusé cette fameuse promotion qui nous aurait obligés à retourner vivre dans le Minnesota. C'est pas que je regrette, remarque...

Son père avait les yeux rivés sur la moquette. Il devait y lire, sûrement, tout ce qu'avait signifié sa décision pour sa famille.

— Papa, je...

— Désolé, Brandon, j'ai l'impression de radoter un peu. Voilà où je veux en venir : cesse de perdre ton temps à plier des transats et des draps de bain. Fais une croix sur les scrupules de ton idiot de père et accepte le job que t'offre Rattinger. Il est temps que tu voies le monde sous un angle différent, que tu aies des contacts avec d'autres milieux.

— Tu sais, papa, je crois que j'ai vu tout ce que je voulais voir.

— Rattinger a sûrement ses défauts, comme tout le monde. Mais c'est un type sympa, dynamique. Et puis il est entraîneur sportif. A L.A., ce genre de détail a son importance.

C'était faux. Brandon le savait et son père aussi, il en aurait mis sa tête à couper. Mais M. Walsh semblait décidé à persister dans l'erreur.

— J'ai encore une chose à te dire, fiston. C'est ce que m'a dit mon père le jour où je suis rentré à l'université. « Sois en accord avec toi-même. Ne te sous-estime pas et tout ira bien. » C'était un bon conseil et je crois qu'il a gardé toute sa valeur.

En tout cas, être en accord avec soi-même, c'était pas toujours facile, songea Brandon en soupirant. Il avait bien failli se laisser corrompre, sans même s'en rendre compte. Mais c'était toujours réconfortant de se dire qu'on avait surmonté une épreuve.

Le lendemain matin quand son réveil sonna, Brandon hésita avant de se lever. C'était sans doute inutile. Influent comme il l'était, Jerry Rattinger n'aurait aucun mal à lui faire sauter son job au Club.

Mais on ne l'avait pas encore mis à la porte. Il poussa un long soupir, réussit à s'extraire du lit et alla prendre le bus comme tous les jours. Une nouvelle journée fabuleuse s'annonçait. Le soleil était déjà chaud et des mouettes se poursuivaient dans le ciel clair en s'insultant bruyamment.

A son grand étonnement, Brandon trouva Rattinger dans le vestiaire, en train d'enfiler ses chaussures de tennis. Première fois qu'il le voyait à une heure aussi matinale. Il se raidit et passa à côté de lui sans rien dire. Pour le moment, il travaillait encore ici et si Rattinger croyait lui faire peur, il se trompait. Ignorant sa présence, il alla revêtir son uniforme. Il avait un boulot à faire.

Sans lever les yeux, Rattinger remarqua, sarcastique :

— Tiens, tiens ! C'est le p'tit gars du bungalow ! Je me demandais si tu aurais le courage de montrer le bout de ton nez, ce matin.

— Aux dernières nouvelles, je suis toujours employé ici.

— C'est ton père qui t'a soufflé cette réponse, ou tu l'as trouvée tout seul ?

Et voilà, on y était. Cette fois, l'opinion de Brandon était faite. Rattinger se montrait sous son vrai jour et c'était un salaud. Donc hier, il avait pris la bonne décision. Super, songea-t-il. Maintenant il savait qu'il ne s'était pas trompé... et son père non plus.

Brandon se changea le plus rapidement possible, espérant s'en sortir sans avoir à discuter. Mais tandis qu'il se dirigeait vers la porte, Rattinger lui lança :

— Tu peux dire que t'as fait du beau travail, hier soir ! C'était vraiment pas la peine de tout gâcher. C'est dommage... j'aurais pu t'apprendre pas mal de choses.

Il avait l'air réellement déçu.

— Vous le croirez si vous voulez, monsieur Rattinger, mais vous m'en avez déjà beaucoup appris. Et puis, ajouta-t-il, la main sur la poignée de la porte, c'est votre faute si Sandy déprime comme une folle depuis plusieurs jours.

— Sandy est assez grande pour savoir ce qu'elle fait. C'est plus une enfant. En ce qui la concerne, j'estime que j'ai rien à me reprocher. Et en ce qui te concerne toi, je crois qu'Henry a deux mots à te dire.

Brandon sortit et referma doucement la porte derrière lui. Il entendit Rattinger lui crier :

— J'te souhaite quand même bonne chance pour ton prochain job, petit !

Il y avait des chances pour que son prochain job soit plus sympa que celui-ci. Avec l'expérience qu'il possédait en matière de pliages divers et variés, il pouvait faire n'importe quoi. Nat accepterait peut-être de le reprendre au Peach Pit.

Affalé devant son poste de télé, Henry sirotait un cocktail vitaminé.

D'un ton plus impatient qu'il ne l'aurait voulu, Brandon demanda :

— M. Rattinger a dit que vous vouliez me voir ?

Henry réussit à mettre la main sur la télécommande et supprima le son. Prenant son temps, il avala encore une gorgée de son Smart Drink. Brandon trépignait.

— Alors, Henry ? Je suis fichu à la porte, ou quoi ?

Henry étudia tranquillement son visage, avant de répondre :

— Rattinger m'a conseillé de te ficher dehors. Je lui ai dit que j'allais réfléchir.

— Alors ?

— J'ai réfléchi. Ça me paraît pas une bonne idée. Ça voudrait dire qu'en ce bas monde, tout s'achète et tout se paie. C'est pas ça ma philosophie de la vie.

— C'est super, Henry. T'es vraiment chouette. Merci. Et Sandy?

— Sandy m'a donné sa démission.

Il avait l'air triste.

— Ouais, je m'y attendais.

— Ouais... Remarque, ses ennuis c'est de la gnognotte à côté de ceux de Julia dans *Santa Barbara*.

Henry passa un quart d'heure à expliquer à Brandon l'intrigue de son feuilleton préféré. Brandon était complètement largué, mais il écouta patiemment, ça avait l'air de faire tellement plaisir à Henry!

Quand il put enfin s'échapper, il alla plier quelques serviettes de bain et les apporta sur le solarium. Du côté des tennis, Edgar et Rattinger étaient encore en train de se disputer un point. Edgar l'aperçut de loin et l'appela.

— Eh, Brandon! T'as vu pour qui était le point?

— Oui, monsieur.

La figure de Rattinger s'allongea. Il savait ce qu'allait dire Brandon.

— Une seconde, Edgar. Si on remettait deux balles?

— Pourquoi faire, le gosse a tout vu. Alors, c'était pour qui, Brandon?

Brandon n'hésita pas un quart de seconde. La méthode Rattinger, c'était vraiment pas son truc.

— Le point était pour Jerry.

Rattinger eut l'air estomaqué. En fait, celui qui venait de marquer un point, c'était Brandon. Sur le plan de la morale, le Grand-Maître Rattinger était battu à plate couture.

Tout à coup, Brandon se sentit bien. Un peu comme s'il venait de remporter une bataille contre Lucifer. Tout le reste de la matinée, il eut le cœur léger. En passant devant le parking, il vit Sandy qui chargeait un énorme sac de plage dans le coffre de sa voiture. Une vieille caisse japonaise, encore plus démodée et plus ridicule que Mondale.

— Tu déménages, Sandy ?

Elle sursauta et se retourna. Brandon craignait qu'elle ne se mette en colère en le voyant, mais apparemment toute agressivité l'avait abandonnée. Elle semblait seulement très fatiguée, très lasse.

— Je quitte la ville. Je vais rejoindre ma mère et ma sœur à Bakersfield.

Ses yeux s'emplirent de larmes et elle se détourna en reniflant, soudain absorbée par l'installation de son sac dans le coffre.

— Il disait qu'il m'aimait, tu sais, dit-elle sans le regarder. Il m'avait promis de quitter sa femme et ses gosses. Ça durait depuis deux ans entre nous.

Brandon lui posa une main sur l'épaule et l'obligea à se tourner vers lui et à le regarder dans les yeux.

— Je suis désolé, Sandy. Sincèrement.

Sandy essaya bravement de sourire.

— Ça m'a fait du bien d'être un peu avec toi et de t'écouter parler. Grâce à toi, j'ai compris que je devenais aigrie et que j'allais pas bien dans ma tête. Merci, Brandon, t'es vraiment sympa comme mec.

Elle l'embrassa gentiment sur la joue et monta dans sa voiture. Brandon la regarda s'éloigner. Soudain, il se sentit triste lui aussi.

Assise en cours d'art dramatique, Brenda souriait toute seule. Elle savait quelque chose que tout le monde ignorait. Une chose qu'elle ignorait elle-même, jusqu'à ce que son père lui ait raconté à sa façon ce qui s'était passé ce fameux jour où elle s'était perdue chez Dayton's.

Brenda avait passé des heures à tourner en rond dans la salle de séjour, vêtue du manteau de sa mère et essayant en vain de retrouver souvenirs et émotions. Elle avait beau crier : « Maman ! Maman ! » comme ce jour-là, renifler l'odeur du manteau de laine, il n'y avait rien à faire. Impossible de recréer l'émotion. Elle restait une adolescente en nage. Elle finissait par se sentir ridicule.

— Brenda ?

Brenda avait d'abord été soulagée que son père l'ait retrouvée. Puis gênée en se souvenant qu'elle n'était pas une petite fille perdue dans un grand magasin.

— Salut, papa.

— Toujours à la recherche des émotions passées ?

Brenda fondit en larmes, exaspérée.

— Oh papa, ça marche pas ! Mais pas du tout !

— C'était affreux, ce jour-là, déclara M. Walsh en hochant la tête.

— Je sais, papa. Je viens de me raconter cette histoire une centaine de fois. Maman était au rayon des vêtements et toi, tu étais monté au premier pour acheter une nouvelle balle de bowling. On m'avait bien recommandé de ne pas quitter Brandon, mais j'ai vu cet escalier roulant et j'ai commencé à m'amuser dessus. Et c'est là que le cauchemar a commencé.

A ce moment, M. Walsh lui avait donné l'élément qui lui manquait pour reconstituer toute l'histoire. Et c'est ainsi qu'elle avait pu retrouver les émotions ressenties des années auparavant par une petite Brenda de cinq ans.

M. Suiter l'appela. Elle alla s'installer sur l'estrade au centre de la pièce, et commença à raconter aux autres, manifestement ravis, la conversation qu'elle avait eue avec son père.

— Et alors, il m'a dit que juste avant que je me perde dans la foule, je m'amusais comme une folle sur cet escalator. Il paraît que je riais aux éclats et que j'étais absolument adorable.

— D'accord, Brenda, intervint M. Suiter. Mais où veux-tu en venir ?

— Eh bien, jusqu'à présent, je me rappelais uniquement le moment où je m'étais perdue. Je me revoyais hystérique et hurlant de frayeur. Mais quand papa m'a dit que je m'éclatais, ça a fait tilt dans ma tête. En fait, jusqu'alors, j'essayais de revivre une émotion que je n'avais jamais éprouvée. Maintenant j'ai tout compris ! Je sais que ce n'est pas une question de manteau ; c'est *en moi* ! J'ai retrouvé les instants que j'avais vécus seule sur cet escalier roulant et où je m'étais éclatée !

— Bravo, Brenda ! s'exclama M. Suiter. Quelle illumination ! Brenda vient de mettre le doigt sur une chose fondamentale. C'est génial !

M. Suiter avait raison, et elle ajouta avec une aisance qui la fit frissonner de joie :

— Mais le plus super, c'est ce que j'ai compris ensuite : si je n'avais pas peur à cinq ans, seule dans un magasin plein d'inconnus, je ne vois pas pourquoi j'aurais peur d'être seule maintenant !

Les autres ne riaient plus, ils la regardaient gravement, conscients de l'importance de sa découverte. Andrea lui sourit largement et leva les pouces. Elle comprenait parfaitement ce que Brenda ressentait. Elle aussi avait reçu l'illumination ! Quand le cours fut fini et qu'elles se retrouvèrent, Brenda lui proposa d'aller à la plage. Andrea accepta avec enthousiasme.

Donna se rendait au Club et elle accepta de les emmener dans sa bagnole. Toutes trois ignorèrent ostensiblement David Silver qui s'était glissé sur le siège avant.

Brenda et Andrea ne tenaient plus en place ! Elles avaient enfin réussi à surmonter leurs angoisses. La preuve : elles n'avaient plus peur d'aller au Beverly Hills Beach Club, et cette symbolique expédition concrétisait leur triomphe. Brenda ne craignait plus d'être seule, aussi elle ne craignait plus de rencontrer Dylan. Après tout, ils pouvaient se contenter d'être juste copains. Ce ne serait pas plus mal. Apparemment, Andrea ressentait la même chose au sujet de Brandon. Si on se sentait bien quand on était seul, alors on n'avait pas besoin d'être en couple pour se sentir bien dans sa peau.

David s'éclipsa dès qu'ils arrivèrent au Club et Donna partit à la recherche de Kelly. Brenda et Andrea se sourirent d'un petit air embarrassé. Tout compte fait, Brenda n'était plus sûre du tout d'avoir eu une bonne idée. Mais il était trop tard pour revenir en arrière.

A cet instant, le hasard s'en mêla.

— Andrea !
— Brenda !

Brandon et Dylan accouraient vers elles. Impossible de leur échapper.

— Euh… on passait par là, balbutia Brenda.

— Ah ouais ?

Dylan n'avait pas l'air convaincu.

— Alors, c'est ça le Beverly Hills Beach Club ? demanda Andrea en regardant autour d'elle. Ça a l'air moins snob et moins tape-à-l'œil que je le pensais.

Brandon éclata de rire et lui passa un bras autour des épaules, l'air de rien. Andrea fut surprise, mais elle n'en montra rien et le laissa faire.

Steve les rejoignit. Il paraissait tout retourné et grommelait dans la barbe qu'il n'avait pas.

— Je me suis jamais senti aussi mal. Filez-moi une échelle, les potes, je tombe de haut !

— Dis-nous tout, mec.

— Vous vous rappelez Maia Landen ?

— Si on s'en rappelle ? La lolita que tu branches depuis huit jours ?

— Ouais, c'est ça. Ben, apparemment, elle est trop jeune pour s'y connaître, en mecs. Elle m'a dit qu'elle préférait qu'on soit « copains ». Et vous savez pour qui elle craque ? Vous devinerez jamais !

— Non, Steve, on devinera jamais, dit Brenda doucement.

A cet instant, il se passa une chose épouvantable. Absolument ahurissante. Le mégachoc. David Silver passa à côté d'eux en compagnie de la sublime Maia. Il avait passé le bras autour de sa taille. Au passage, il envoya un coup de poing dans l'épaule de Steve.

— Alors, mec ! A quelle heure ils débarquent tes grunions, ce soir ?

Tout le monde éclata de rire, sauf Steve qui regarda s'éloigner les deux tourtereaux d'un air sombre.

— Personne ne les a jamais vus, ces fameux grunions, expliqua Brandon à Andrea, qui n'était pas au courant. On sait même pas s'ils existent vraiment. C'est sans doute une invention de Sanders.

Steve lui lança un regard mauvais.

— Eh ben, je te garantis que tu vas en voir ce soir, des grunions. Des millions de grunions !

Difficile de croire Steve sur parole. Mais l'idée de contempler le coucher du soleil sur le Pacifique était assez séduisante. Le Club commençait à se vider. Brandon en profita pour aller chercher des couvertures dans le vestiaire et le petit groupe se dirigea vers la plage. Ils s'installèrent au bord de l'eau et laissèrent les vagues leur lécher les pieds.

Brenda s'assit à côté de Dylan, mais en prenant soin de ne pas le toucher. Il faisait frais, maintenant, et elle mit une couverture sur ses épaules.

— Je parie qu'ils ont jamais débarqué ici, ces grunions ! remarqua Brandon. Steve a inventé cette histoire pour attirer les meufs sur la plage.

Steve se contenta de sourire d'un air supérieur et méprisant.

— Eh ben, attends, mec ! Rira bien qui rira le dernier, lança-t-il en haussant les épaules.

Bientôt le soleil disparut, boule de feu plongeant dans l'océan. Le ciel était criblé d'étoiles et la lune ressemblait à une barque argentée flottant sur la ligne de l'horizon.

Le paysage était merveilleusement romantique. Mais le romantisme ne régnait pas dans leur petit groupe. Kelly refusa catégoriquement de s'asseoir à moins d'un mètre de Steve. Brandon continua à faire comme si Andrea était juste une bonne copine. Brenda était follement amoureuse de Dylan, mais les choses étaient allées trop vite entre eux. Elle mourait d'envie de l'embrasser, mais il était hors de question qu'elle se laisse aller ce soir. Il fallait qu'elle réfléchisse. La Brenda d'aujourd'hui n'avait plus l'insouciance de celle de cinq ans.

Aussi bizarre que ça paraisse, c'est entre Donna et David que l'étincelle jaillit. Aucun des deux n'aurait voulu l'admettre, mais il était en train de se produire une chose incroyable et merveilleuse. Ils bavardaient ensemble en riant, et à deux ou trois reprises, Brenda surprit des coups d'œil furtifs entre eux. Très très intéressant, songea-t-elle. Génial, même ! Donna n'avait pas de copain, elle était seule depuis trop longtemps. Et finalement, David n'était pas si mal que ça. Un peu idiot, mais pas si mal du tout.

Brenda frissonna.

— Ils pourraient avoir la politesse de se montrer, ces grunions, merde! C'est quand même pour eux qu'on est venus!

— Brandon te l'a dit, personne les a jamais vus, fit observer Dylan.

— Vous verrez bien l'été prochain, marmonna Steve. Je suis sûr qu'ils finiront par se pointer.

— Ouais, mais même sans les grunions, c'est super d'être tous ensemble, non? lança Brandon.

— T'es sûr qu'il y en a pas un de trop? demanda Kelly en grimaçant.

Brenda savait que Kelly voulait parler de David, ce n'était pas très sympa de sa part, surtout en ce moment. Donna envoya une bourrade à David et lui dit :

— T'en fais pas, elle le pense pas vraiment.

Oh si, Kelly pensait ce qu'elle disait! Tout le monde en était persuadé, mais personne ne le fit remarquer. Il y eut un long silence. On n'entendait que le bruit des vagues et c'était vraiment chouette, d'être assis là. Il ne manquait que les grunions.

5

La malédiction des McKay

Les grunions avaient débarqué! Par milliers! La plage était recouverte de bestioles argentées qui frétillaient sur le sable. Steve était aussi fier que s'il était lui-même le grand ordonnateur du spectacle. Pour lui, c'était une espèce de victoire personnelle.

— Alors c'est ça, les grunions? répéta plusieurs fois Andrea, incrédule.

Pour Brenda, ce fut l'événement majeur de l'été. Le clou de la saison. Elle avait triomphé sur elle-même en retrouvant ses émotions d'enfant, mais c'était un événement trop personnel pour le partager vraiment avec quelqu'un d'autre. Et puis, presque scolaire. Elle ne savait pas exactement ce qu'elle cherchait, en ce moment. L'amour? Sa relation avec Dylan était encore hésitante. Ce qu'il lui fallait, c'étaient des amusements simples et inoffensifs, des choses dont on pouvait rire sans arrière-pensées.

Le lendemain, elle s'installa dans le salon et décida de regarder les infos à la télé. Ce n'était pas une perspective terriblement excitante, mais il n'y avait rien d'autre à voir et elle se sentait d'humeur à se coller devant la télé, quitte à regarder n'importe quoi. Elle étala un journal sur la table et commença à trier les coquillages et les galets qu'elle avait ramassés sur la plage dans l'après-midi.

Dans quelques minutes, il fallait qu'elle monte se changer pour aller dîner au restaurant avec Kelly. Celle-ci lui avait conseillé de s'habiller chic, comme pour aller au théâtre ou à un concert de musique classique. C'était une soirée spéciale.

— Que se passe-t-il?
— C'est important. Il faut qu'on parle.
— De quoi?

Mais Kelly avait gardé un silence énigmatique. Brenda avait simplement compris que son amie tenait beaucoup à cette soirée et qu'elle se chargeait de la note.

Elle allait sûrement lui faire des confidences à propos d'un mec. C'était la seule chose assez importante pour justifier tous ces mystères et un dîner en tête à tête; peut-être qu'elle avait renoué avec Steve? Non, c'était peu probable. Ou bien elle allait se marier. A moins qu'elle ne soit tombée enceinte? De toute façon, Brenda était persuadée que la réalité était beaucoup plus intéressante et plus excitante que tout ce qu'elle pouvait imaginer.

M. Walsh allait et venait fébrilement dans la maison. Encore en train de préparer un voyage d'affaires! C'était comme ça depuis qu'ils habitaient Beverly Hills. Pour l'instant, il cherchait partout sa nouvelle chemise bleue, celle qui lui allait si bien. Brenda l'informa qu'elle se trouvait dans la corbeille à linge sale, car elle l'avait empruntée pour aller à la plage, cet après-midi-là. Apparemment, il avait du mal à comprendre.

— Mais enfin, papa! Les mecs adorent les filles qui portent des vêtements de mecs. Ils trouvent ça hyper-sexy!

Mme Walsh convint qu'il y avait un fond de vérité là-dedans.

— Rappelle-toi, Jim. Moi aussi je mettais tes chemises, quand nous étions jeunes mariés.

M. Walsh devint très rouge et déclara qu'il avait oublié quelque chose dans la chambre. Il allait mettre le pied sur la première marche de l'escalier, mais il se figea en entendant les paroles du journaliste à la télé.

« Les informations locales, à présent. Nous apprenons à l'instant que Jay McKay, le célèbre homme d'affaires, est rentré de Mexico aujourd'hui même et a été appréhendé dès sa descente d'avion... »

— Mon Dieu ! Le père de Dylan ! s'exclama Brenda.

Un coquillage au creux de la main, elle saisit la télécommande et augmenta le son. Que le père de Dylan ait trempé dans des affaires illégales, nul ne l'ignorait. Mais le voir à la télé, menottes aux poignets, tentant vainement de dissimuler son visage derrière ses mains, c'était autre chose ! A la fois horrible et pathétique.

Le journaliste exposa longuement la liste des méfaits commis par Jay McKay.

— Je me félicite que tu aies rompu avec le fils de cet escroc, Bren ! Quitter cette petite crapule est la chose la plus sensée que tu aies faite cette année, énonça M. Walsh d'un ton sentencieux.

— Dylan n'est pas un escroc, papa, rétorqua Brenda les larmes aux yeux. Et son père doit être considéré comme innocent tant que sa culpabilité n'a pas été prouvée.

— Ah, tu lui trouves l'air innocent, toi ?

M. Walsh pointa un doigt accusateur vers l'écran.

L'attitude vertueuse et moralisatrice de son père était insupportable. Brenda sortit du salon en courant et monta dans sa chambre. Là, elle se jeta sur son lit, saisit le téléphone et appela chez Dylan. Celui-ci devait être effondré, il fallait absolument qu'elle le réconforte. Elle ne savait pas encore ce qu'elle allait lui dire, mais elle trouverait sûrement les mots justes quand elle l'aurait au bout du fil.

— Salut, vous êtes bien chez Dylan. Vous connaissez la chanson. Laissez votre message après le bip. Sonore, le bip.

Brenda pâlit. Dylan n'était pas chez lui. Ou bien... il y était, mais quelque chose de terrible venait de se produire. Il n'avait plus touché à l'alcool depuis longtemps mais dans un moment pareil, comment savoir de quoi il était capable ? Le bip résonna dans le récepteur.

— Dylan ? Dylan, tu es là ? C'est moi, Brenda. Si tu es là décroche, je t'en prie.

Elle attendit plusieurs secondes en retenant sa respiration. Mais il y eut un déclic et la communication fut coupée.

— Oh, Dylan...

Assise sur son lit, elle croisa les jambes et se balança lentement d'avant en arrière, impuissante et frustrée.

Quand elle leva enfin les yeux, elle vit qu'il était très tard. Il fallait qu'elle se dépêche si elle ne voulait pas être en retard pour son rendez-vous avec Kelly. Elle choisit un tailleur classique, très BCBG, et se maquilla avec soin. Kelly était toujours super-chic et il ne fallait pas qu'elle ait l'air cloche à côté d'elle.

Un klaxon retentit à l'extérieur et Brenda dévala l'escalier en courant.

— N'oublie pas que tu vas en classe demain ! lui cria Mme Walsh au passage.

— Je serai rentrée avant minuit.

— Onze heures, Brenda !

— D'accord, onze heures et demie.

Elle sortit sans attendre, grimpa dans la BMW rouge et Kelly démarra en trombe.

— Salut, Kelly.

— Salut, Brenda.

Kelly n'ajouta pas un mot. Son visage était grave.

— Pourquoi tu fais tous ces mystères, Kel ? Tu crois que j'ai pas assez de problèmes avec ce qui arrive au père de Dylan ?

— Ouais... j'ai entendu ça à la radio. Et Dylan, comment il prend les choses ?

— J'en sais rien. Il ne répond pas au téléphone.

Brenda se tordit nerveusement les doigts et jeta un coup d'œil distrait par la fenêtre.

— On n'est pas là pour parler de Dylan et moi.

— Non. D'ailleurs si tu voulais parler de ça, c'est toi qui m'inviterais à dîner.

— Mmm. D'accord, mais au Peach Pit. Alors, c'est quoi que tu veux me dire ?

— J'ai promis de tout te raconter pendant le dîner, non ? Patience...

Un quart d'heure s'écoula sans qu'elle prononce une parole de plus.

Kelly avait retenu une table chez Enyart, sur Sunset Boulevard. Le genre de restaurant très classe et très discret, que l'on ne remarquait même pas si on ne le connaissait pas. Mais en ce moment, c'était l'endroit le plus branché de L.A. Un chasseur plutôt beau gosse se chargea de garer la BMW et elles entrèrent. L'intérieur était brillamment éclairé. La musique était super et la déco ultra-branchée. Néo-industrielle : les murs peints en rose étaient traversés par les conduites grises de la clim.

Une femme les conduisit à leur table. Un tableau abstrait représentant d'énormes taches rouges et noires était accroché au mur. La serveuse leur demanda ce qu'elles voulaient boire. Brenda hésita. Si elle commandait de l'alcool, on risquait de lui demander sa carte d'identité pour vérifier qu'elle avait vraiment dix-huit ans. Ce genre de situation, ça craignait trop pour qu'elle prenne le risque. Finalement, elle se décida pour du ginger ale : ça faisait bien et c'était quand même une boisson non alcoolisée. Kelly dut se faire la même réflexion, car elle commanda un Coca light.

— Alors, Kelly ?

Son amie fit durer le suspense encore quelques instants, avant de commencer :

— Eh ben... il m'est arrivé quelque chose cet été.

Brenda esquissa un demi-sourire.

— J'espère que tu connais un bon docteur ?

— Non. C'est pas ce que je voulais dire.

Kelly paraissait de plus en plus mal à l'aise. De toute évidence elle ne plaisantait pas. Un beau mec brun, d'une trentaine d'années, leur apporta les boissons. Il avait l'accent britannique, ce qui avait toujours eu le don de faire craquer Brenda. Mais pour une fois elle ne dit rien. Ce soir c'était du sérieux, elles n'étaient pas là pour draguer ou pour regarder les mecs.

En voyant le menu, Brenda pâlit et chuchota :

— Kelly, t'as vu les prix ? T'es sûre que tu veux toujours m'inviter ?

— T'occupe pas de ça. Choisis ce que tu veux et oublie les calories, ce soir on s'éclate, ma carte de crédit est d'accord.

Kelly et Brenda commandèrent toutes les deux du saumon et le serveur s'éloigna.

— La semaine dernière, je suis allée à la plage avec ma mère.

Brenda hocha la tête d'un air entendu. Jackie, la mère de Kelly, était très branchée pour une femme de son âge. C'était une petite blonde supercanon, qui échangeait tout le temps ses vêtements avec sa fille. Brenda n'aurait jamais osé faire ça, elle aurait été ringarde dans les fringues de sa mère. Mais pour Kelly et Jackie, ça marchait. Très bien, même.

— Ta mère va se marier, c'est ça ?

— Ecoute, Brenda, on joue pas aux devinettes. Tu veux m'écouter, oui ou non ?

— Désolée, Kel. Vas-y.

— Bon. Alors, on était à la plage. Depuis qu'elle a arrêté de boire, maman sort beaucoup plus. Elle avait envie d'une margarita, alors pour la distraire je lui ai fait admirer le paysage.

— Admirer le paysage ? Tu veux dire, mater les mecs sur le terrain de volley ?

— Ben oui. Je lui ai montré quelqu'un. D'abord, elle a cru que je parlais de Steve...

— Steve ? s'exclama Brenda, tout émoustillée.

— Cool, Brenda. C'était pas lui que je voulais montrer, mais Kyle Conners. Un type super, qui joue hyper bien au volley.

— Je le connais, mais je pensais que c'était pas ton genre.

Kyle avait un joli sourire et une belle musculature, mais Brenda le trouvait un peu trop mince et trop petit.

— Tu rigoles ? Je le trouve sublime. Et en plus, Steve est jaloux de lui. Tu connais Steve, il s'imagine qu'il joue au volley comme un dieu.

— Oh, Steve ! Il y a tellement de choses qu'il croit faire comme un dieu...

— Ouais. Des tas de choses. Bref, c'est à Kyle de servir, et à ce moment, Steve regarde dans ma direction et il reçoit le ballon sur la tête. Le ballon rebondit et vient rouler à mes pieds.

— Le hasard ?

— L'adresse. Kyle vient récupérer le ballon et j'en profite pour lui demander de me donner des leçons particulières de volley.

— Particulières ?

— Très particulières. Le lendemain on était sur la plage quasiment avant les mouettes. Enfin ce que je voulais dire, c'est que Steve m'a vue parler avec Kyle. Il est devenu tellement rouge que j'ai cru qu'il allait exploser. Il était vraiment furax.

Kelly se tut en voyant le serveur apporter le saumon. Brenda ne savait pas ce qui la rendait le plus impatiente : entendre la suite de l'histoire ou déguster le mets fabuleusement appétissant qu'on venait de poser devant elle.

Le lendemain, au lycée, Brenda dut affronter un épisode assez désagréable. Avec le zèle journalistique qui la caractérisait, Andrea voulait tout savoir sur les mésaventures de Jay McKay. Brenda n'avait aucune envie de parler de ça, mais Andrea insista lourdement.

— Tu crois qu'il va faire appel ?

— Andrea, je n'en sais pas plus que toi. Et même sans doute moins car je n'ai pas lu les journaux du matin, moi.

— Tu dois bien en discuter avec Dylan ?

— Je te rappelle que nous avons rompu.

— Mais dans un moment comme celui-là...

— Si Dylan veut me parler, il sait où me joindre.

Brenda s'esquiva et entra dans la classe d'art dramatique. Elle aimait bien Andrea mais quelquefois celle-ci était insupportable. Un de ces jours, il faudrait qu'elle comprenne que la vie privée ça existait et que c'était sacré !

A l'autre bout de la pièce, elle vit David Silver en conversation avec Donna. Elle fonça sur eux. C'était une bonne occasion de débarrasser Donna de cet idiot (le romantisme sur la plage, ça allait cinq minutes, c'était déjà de l'histoire ancienne) et de faire comprendre à Andrea qu'elle n'était pas en veine de confidences.

Assis derrière son bureau, M. Suiter était plongé dans la lecture d'un bouquin qui ressemblait à un vieux grimoire de contes de fées. Quand la sonnerie retentit, il prit le livre dans une main, s'assit sur l'estrade et se mit à leur parler de Shakespeare en termes passionnés.

— Shakespeare ? marmonna Donna en faisant la grimace. Je croyais qu'on était là pour s'amuser.

— La première grande pièce que Shakespeare ait écrite, c'était *Henry VI*. Il a voulu lui donner une suite. En connaissez-vous le titre ?

Andrea leva le doigt. Mais M. Suiter l'ignora

et désigna Donna. Brenda se mordit les lèvres et attendit la catastrophe. Donna regarda désespérément autour d'elle comme si quelqu'un allait lui souffler la réponse, et balbutia :

— Euh... *Henry VI*, deuxième partie ?

Ce fut un éclat de rire général. Donna était une fille adorable, mais la littérature, c'était vraiment pas son truc. Cependant M. Suiter surprit tout le monde quand il déclara en souriant :

— Eh bien, elle a raison !

Donna redressa fièrement la tête et arbora une mine triomphante. Pour un peu, elle aurait affirmé qu'elle le savait depuis toujours !

— Et pour rendre hommage à Shakespeare, le poète de Stratford upon Avon, le plus grand dramaturge de tous les temps, nous allons répéter quelques scènes extraites de ses pièces.

Tout le monde grommela, excepté Donna. Encore toute fière de son succès elle s'écria :

— Génial ! Shakespeare ! Waouh ! J'adore ce mec !

— Nous laisserons Hamlet à Mel Gibson, poursuivit M. Suiter. Nous, nous avons mieux à faire que de nous intéresser aux régicides. L'amour, la passion, la violence, l'intrigue et même un soupçon de sexe ! Voilà ce qu'il faut à vos cœurs romantiques et entiers de lycéens.

— Je savais pas que c'était Shakespeare

qui avait écrit *Les Aventuriers de l'Arche perdue*, fit remarquer David.

Des rires fusèrent, mais M. Suiter les interrompit.

— Je voulais parler de la version originale de *West Side Story*, c'est-à-dire *Roméo et Juliette*. Laquelle d'entre vous, mesdemoiselles, veut bien jouer le rôle de l'ingénue ?

Brenda pensa qu'elle serait superchouette en Juliette. Apparemment, toutes les autres filles de la classe en pensaient autant. Chacune mourait d'envie de se porter volontaire, mais aucune n'était assez sûre d'elle et de son talent.

— Donna ? Ça te dirait ?

Sans lui laisser le temps de protester, M. Suiter poursuivit :

— Maintenant il faut te trouver un partenaire pour tenir le rôle de Roméo. Ce sera le plus grand jeune premier de tous les temps, il fera battre le cœur de toutes tes copines.

Son regard croisa celui de tous les gars de la classe, mais aucun ne broncha. Pas de volontaire. On aurait pu entendre une mouche voler dans la grande salle à moitié vide. Enfin, M. Suiter abattit la main sur l'épaule de David.

— « Car jamais aventure ne fut plus douloureuse que celle de... Donna et de son Roméo ! » déclama-t-il d'une voix grave et profonde.

Les yeux ronds, Donna poussa un petit cri

de stupeur, mais David se contenta de sourire et de lui faire un signe de la main.

Eh ben, songea Brenda. On pouvait dire que M. Suiter était bien inspiré ce matin ! Dans le genre casting réussi, on faisait mieux.

Ils reprirent les exercices des jours précédents, mais de toute évidence, tout le monde ne pensait plus qu'à *Roméo et Juliette*. David avait un sourire idiot et il ne lâchait plus Donna d'une semelle. Pendant la pause, il lui proposa même de commencer à répéter. Donna fit une drôle de tête, un peu comme s'il lui avait suggéré de partir chasser le crocodile. Elle finit par s'en tirer en lui promettant qu'ils s'y mettraient très bientôt.

Après le cours, Brenda emmena Donna et Andrea chez elle, car elles avaient décidé d'aller à la plage ensemble. Mais d'abord, elles prirent le temps de manger une glace dans la cuisine pendant que Mme Walsh, tout en nettoyant son évier, leur racontait ses souvenirs d'adolescente dans la troupe de théâtre du lycée. Donna et Andrea écoutaient bouche bée, mais Brenda était un peu gênée. Les parents, il fallait toujours qu'ils racontent leur expérience personnelle ! C'était ridicule.

— On m'avait attribué le rôle de Lady Macbeth, dit Mme Walsh.

— Quoi ? C'est pas possible !

C'était la première fois que Brenda entendait cette histoire. Sa mère avait joué dans une pièce de théâtre ? Ça alors, c'était nouveau !

Mme Walsh versa un peu de poudre à récurer dans l'évier et s'exclama :

— « Va-t'en, tache damnée ! va-t'en ! dis-je... » Qui aurait cru que ce vieil évier eût en lui tant de taches ?

Brenda et Donna étaient abasourdies. Ou bien Mme Walsh citait vraiment Shakespeare, ou bien elle était devenue subitement cinglée ! Andrea éclata de rire et Mme Walsh leur dit :

— Rassurez-vous les filles, je plaisantais. *Macbeth*, Acte cinq, scène un.

— Mais oui, c'est génial ! reprit Andrea. J'ai reconnu le passage. C'est au moment où Macbeth vient d'assassiner le roi et il y a tout ce sang...

Andrea aurait bien aimé continuer son histoire, mais Brenda et Donna furent sauvées par le gong... en l'occurrence, la sonnerie du téléphone. Brenda se précipita pour répondre.

— Allô ! Je voudrais parler à Brandon Walsh.

— Brandon n'est pas là pour le moment. Puis-je prendre un message ?

— Ici l'hôpital de Malibu. Pourriez-vous lui dire que Dylan McKay a eu un accident en faisant du surf ?

— Dylan ?

— Oui, c'est ça. Dylan McKay. Je peux compter sur vous ?

— Ô mon Dieu... que s'est-il passé ?

Des questions affolées fusèrent dans la cuisine et Brenda eut du mal à les faire taire. Elle entendait à peine la voix inconnue à l'autre bout du fil.

— On ne sait pas exactement. Pour l'instant, nous devons le garder à l'hôpital. Vous êtes sa sœur ?

— Non. Seulement une amie.

Brenda reposa le récepteur et, d'une voix blanche, répéta ce qu'elle venait d'entendre.

— Comment va-t-il ? demanda Andrea.

— Je ne sais pas.

Mme Walsh s'essuya les mains sur son tablier et déclara calmement :

— On y va.

Brenda sentit le cœur lui manquer. Elle aurait dû aimer Dylan davantage... quand il en était encore temps.

6

Y a-t-il un docteur dans la salle ?

Donna décida aussitôt que cette histoire ne la concernait pas et qu'il valait mieux laisser Brenda et sa mère entre elles. C'était une histoire de famille, en quelque sorte. Andrea était dévorée de curiosité, mais Donna la prit par le bras et l'entraîna fermement vers la voiture.

— Mais enfin, elles ne sont pas plus parentes que nous avec Dylan ! protesta-t-elle en essayant de se dégager.

— Te mêle pas de ça, Andrea. Je te ramène chez toi.

Brenda et sa mère partirent juste derrière elles. Brenda avait l'impression que la voiture se traînait sur la route, elle trépignait comme un enfant impatient.

— Voyons, ma chérie, calme-toi. Ce n'est pas le moment d'avoir une contravention pour excès de vitesse.

— Je sais, je sais, soupira Brenda en faisant un effort pour se contrôler.

A l'hôpital, elles trouvèrent tout de suite une place de parking et se ruèrent vers le service des urgences. Les médecins et les infirmières entouraient un jeune garçon qui venait de recevoir un coup de couteau et pendant quelques minutes, personne ne fit attention à elles.

Enfin, quelqu'un remarqua leur présence et on les dirigea vers le docteur Silverstein. Brenda était folle d'inquiétude. La doctoresse chercha — un peu trop mollement au goût de Brenda — le dossier de Dylan, et leur expliqua qu'il était inconscient quand on l'avait amené à l'hôpital. Mais apparemment, il ne souffrait que de quelques contusions et de côtes cassées, rien de bien grave.

— Je peux le voir ?
— Vous faites partie de sa famille ? demanda le docteur Silverstein.

De quoi se mêlait-elle ? Ce n'étaient pas ses affaires !

— Je suis la personne dont il est le plus proche, en ce moment.

Le docteur Silverstein la dévisagea d'un air soupçonneux et finit par dire :

— Très bien. Chambre vingt-sept. Mais ne restez pas trop longtemps, il a besoin de repos.

La gorge nouée, Brenda longea le corridor. La plupart des portes étaient ouvertes et elle aperçut des lits surmontés de poulies et entourés de machines étranges. Des gens souffraient, gémissaient de douleur. Une odeur de désinfectant flottait dans le couloir. Elle croisa des infirmières qui poussaient des chariots chargés d'instruments effrayants. On se serait cru dans le laboratoire du docteur Frankenstein! Les hôpitaux étaient certainement indispensables, mais Brenda préférait éviter de les fréquenter.

Dylan était bien dans la chambre 27. Il avait les yeux fermés, sa tête et sa poitrine étaient entourées de bandages. Quand allait-il se réveiller? Est-ce qu'il se souviendrait d'elle ou bien le choc lui avait-il fait tout oublier? Il semblait si mignon, si vulnérable... Que faire, s'il devenait amnésique? Son visage était beau, mais un peu pâle. Brenda posa doucement la main sur le lit, Dylan ouvrit les yeux et sourit comme un petit garçon tout ensommeillé.

— Je rêve... je vois des anges.
— Dylan, c'est moi, Brenda.
— Brenda?
— Oui. Tu te souviens de moi, hein?
— Bien sûr. Qui t'a dit que j'étais là?
— L'hôpital a trouvé le nom de Brandon dans ton agenda et ils ont appelé à la maison. Oh, Dylan, comme j'ai eu peur!

Dylan sourit.

— Je vais bien. Si tu savais comme j'ai pris mon pied!

— Ah, tu trouves? Moi, je pense que tu as une sacrée chance d'être encore vivant.

Enfin, ce n'était pas le moment de lui assener un sermon sur les dangers des jeux nautiques.

— Ton père sait que tu es là? reprit-elle.

— Je crois. Son avocat est venu tout à l'heure. Tu comprends, il fallait que quelqu'un leur donne l'autorisation de me soigner.

Brenda lui prit la main.

— Tout va bien maintenant. Tu sortiras bientôt.

Elle leva les yeux vers la porte. Sa mère l'attendait aux admissions. Il valait mieux qu'elle laisse Dylan se reposer, à présent. Mais il lui agrippa faiblement les doigts.

— Attends, ne t'en va pas.

— Le docteur a dit qu'il ne fallait pas te fatiguer.

Brenda lui déposa un baiser sur le front, entre les bandages, et sortit précipitamment. Si Dylan lui demandait encore une fois de rester, elle ne pourrait pas résister.

— Comment va-t-il? lui demanda Mme Walsh.

— Pas trop mal, pour un type qui a failli se noyer.

— Les médecins voulaient le garder quelques jours ici parce qu'il n'y a personne chez lui pour s'occuper de lui, mais je leur ai dit que nous pouvions très bien l'emmener à la maison.

Brenda Walsh et Kelly Taylor
(Shannen Doherty et Jennie Garth)

David Silver et Dylan McKay
(Brian Austin Green et Luke Perry)

Donna Martin
(Tori Spelling)

Andrea Zuckerman
(Gabrielle Carteris)

Dylan McKay et Brenda Walsh
(Luke Perry et Shannen Doherty)

Jennie et Shannen ont trouvé un nouvel ami sur la plage

Steve Sanders et Brandon Walsh (Ian Ziering et Jason Priestley)

Dylan McKay (Luke Perry)

Steve Sanders (Ian Ziering)

Donna Martin et David Silver
(Tori Spelling et Brian Austin Green)

Jason Priestley, Luke Perry, Ian Ziering
et à genoux Brian Austin Green

Brenda s'immobilisa, stupéfaite. Quoi ? Elle avait sûrement mal entendu.

— Mais maman... Dylan ne peut pas venir chez nous. Nous avons rompu...

— On ne peut pas le laisser ici, voyons, Brenda ! Cet hôpital est tellement sinistre. Et puis après tout, c'est aussi le copain de Brandon.

— Alors là, j'y perds mon latin ! Papa et toi vous m'avez ordonné de ne plus le voir et maintenant, tu veux le faire dormir dans la chambre de Brandon ! Comme dirait Andrea, c'est fou, c'est... c'est...

— C'est seulement pour quelques jours, répliqua Mme Walsh en haussant les épaules.

— Et papa ? Tu as pensé à ce qu'il va dire ?

Mme Walsh se mordit les lèvres, l'air soucieux.

— Dylan est un ami et il a besoin de nous. Il me semble que papa peut comprendre ça.

— Ouais... peut-être.

Mais Brenda restait abasourdie.

Deux infirmières les aidèrent à installer Dylan sur le siège arrière de la voiture et Brenda s'assit à l'avant. Sous l'effet des calmants, Dylan ne parla presque pas pendant le trajet. A la maison, elles lui firent lentement gravir l'escalier et Mme Walsh l'installa dans la chambre de Brandon.

Brenda décréta qu'elle n'en ferait pas davantage. Pas question de lui monter le plateau du dîner ! C'était déjà bien assez dur de ne pas penser à lui en temps normal, si en plus il fallait l'avoir sous le nez toute la journée, ça devenait carrément impossible. Quant à Dylan, il devait trouver cela aussi pénible qu'elle.

— C'est ton idée, maman, pas la mienne ! Je refuse de jouer les gentilles infirmières dévouées.

Sur ces mots, elle sortit avant que sa mère ait pu trouver une repartie. La nuit était magnifique, on était bien dehors. Pourtant, malgré la tiédeur de l'air, Brenda frissonna.

Brandon eut toutes les peines du monde à persuader Dylan qu'il dormirait très bien sur le canapé. Son oreiller sous le bras, il s'arrêta près de la porte et lui demanda :

— Au fait, tu ne m'as pas expliqué ce qui s'était passé.

— La vague s'est refermée sur moi sans que je la voie venir. J'ai pas compris ce qui se passait.

— Tu devais être... euh... préoccupé par d'autres problèmes, non ?

— Merci, docteur Freud, mais je crois que ça n'avait rien à voir avec mon père.

Mme Walsh frappa à la porte et entra avec un superbe plateau-repas. De quoi faire craquer un anorexique.

— Poulet rôti au romarin, brocolis au gratin, pommes de terre sautées et mousse au chocolat en dessert, annonça-t-elle en déposant le plateau sur le lit.

— Waouh! s'exclama Dylan.

— Ouais, fit Brandon. Ça n'a pas que des mauvais côtés, d'être malade! Surtout chez les Walsh.

Dylan saisit la fourchette et contempla son assiette comme s'il ne savait pas par où commencer.

— Au fait, où est Brenda? demanda-t-il.

— Je crois qu'elle est sortie, répondit Mme Walsh après une infime hésitation.

— Est-ce qu'elle ne serait pas un tout petit peu têtue?

Mme Walsh feignit l'étonnement.

— Brenda? Têtue? Je ne vois vraiment pas ce que tu veux dire.

Dylan avait du mal à rire, à cause de ses côtes cassées. Mais il parvint tout de même à remercier Mme Walsh avec chaleur pour son hospitalité.

— On oublie ce que c'est, d'avoir une vraie famille.

— O.K., O.K., dit Brandon. Maman ne peut pas s'empêcher d'être comme ça. C'est une vraie mère poule.

Mme Walsh tapota gentiment l'épaule de Dylan, lui dit de se reposer et laissa les deux garçons ensemble. Dylan grignota un morceau de poulet, pensif.

— Et papa coq, que pense-t-il de tout ça?

— Papa? Pas d'prob, il est cool.

— Brandon, on peut dire des tas de choses sur ton père, mais sûrement pas qu'il est cool !

— Maman saura lui parler. T'occupe pas de ça.

Brandon prit une pile de draps et de serviettes et sortit de la chambre. C'était pas le moment de discuter de ça.

En passant devant la chambre de ses parents, il entendit sa mère qui disait au téléphone... ou plutôt probablement à son époux :

— Mais non, ce n'est pas la peine d'enfermer Brenda dans sa chambre. Ce pauvre Dylan ne peut même pas bouger !

La conversation se poursuivit, mais Brandon n'avait pas envie d'en entendre davantage. Pour l'instant, sa mère n'aurait pas trop de problèmes à convaincre M. Walsh qu'elle avait pris une bonne initiative. Mais ce serait une autre histoire dans deux jours, quand il reviendrait de voyage et qu'elle devrait l'affronter en chair et en os.

Brandon lisait allongé sur le canapé, quand Brenda rentra. Il attendit que les bruits d'eau dans la salle de bains aient cessé. Quand il fut sûr qu'elle était retournée dans sa chambre, il monta parler avec elle. Il n'était pas certain que c'était vraiment la chose à faire, mais il voulait éviter à tout prix que ça tourne au drame entre Dylan et Brenda.

Brenda lisait. Apparemment, c'était une pièce en vers, du Shakespeare sans doute.

— C'est quoi, que tu lis ?

— *Hamlet*. Je dois apprendre le rôle d'Ophélie.

Brandon décida de se jeter à l'eau.

— Tu ne lui as pas adressé la parole de la journée.

— Je ne suis pas certaine de pouvoir être « juste une copine » pour Dylan, Brandon. Pas tant qu'il est dans cette maison.

Au moins, elle ne lui avait pas répondu : « Qui ça, lui ? », c'était déjà ça. Brenda avait un fichu caractère et il s'attendait toujours au pire.

— Tu pourrais au moins lui dire bonjour ou bonsoir, non ?

Brenda s'appuya sur un coude et foudroya son frère du regard.

— Ça ne te regarde pas, Brandon. Tout ça, c'est entre Dylan et moi. C'est pas tes oignons.

— Ouais... ben, je crois que c'est Dylan qui a raison. T'es vraiment têtue.

Têtue, elle ? C'était faux. Elle tenait à ce que Dylan le sache et elle comptait bien le lui dire les yeux dans les yeux. Elle enfila son peignoir de bain et traversa le couloir. La porte de la chambre était ouverte et elle se campa sur le seuil.

— C'est pas vrai, je suis pas têtue, t'entends, Dylan ?

— Je vais bien, merci, et toi ? Entre, Brenda.

— Non.

— Tu n'essaierais pas de m'éviter à tout prix, par hasard ?

Naturellement, qu'elle voulait l'éviter ! Elle faisait même des efforts terribles pour ça depuis des semaines. Mais elle s'obligea à entrer et à s'asseoir au bord du lit. Il fallait mettre les choses au point.

— Je me suis fait une promesse, Dylan. J'ai besoin d'un peu de temps pour voir les choses clairement dans ma tête.

— Je ne peux pas surmonter cette épreuve sans toi, Bren. Tu es la seule personne en qui je puisse avoir confiance, tu sais.

Dylan lui prit le poignet et l'attira vers lui. Brenda aurait voulu résister, mais c'était trop lui demander, elle en était incapable. De quelle épreuve voulait-il parler ? De son accident, ou de ce qui arrivait à son père ? Finalement, ça n'avait aucune importance. Leurs bouches se joignirent, ils s'embrassèrent doucement.

Soudain, Brenda se dégagea et se leva.

— Je suis désolée, Dylan. Vraiment désolée. Mais je ne peux pas.

— Tu ne peux pas quoi ?

Question judicieuse, songea Brenda. Mais elle n'aurait pas su y répondre.

— Tout. Rien. Je sais pas.

Brenda sortit, persuadée qu'elle avait eu une attitude très noble et très digne, mais qu'elle devait avoir l'air complètement idiote. Elle se précipita dans sa chambre, éteignit la lumière et décida de dormir. Mais le visage de Dylan la hantait. La tentation était trop forte.

C'était pas juste. Elle ne savait encore rien de la vie. Pourquoi fallait-il qu'en plus, elle soit amoureuse ? Adolescente et amoureuse, c'était trop. L'un ou l'autre d'accord. Mais les deux, c'était un vrai fardeau à porter.

Elle s'éveilla en sursaut et s'aperçut qu'elle avait quand même dormi un peu, car il était plus de minuit. La fenêtre ouverte laissait entrer un air doux et tiède, chargé des senteurs suaves de l'été. Pendant quelques secondes, elle écouta le concert des criquets. C'était une nuit merveilleuse. Comment ne pas penser à l'amour ?

Brenda avait envie de faire pipi, mais elle n'osait pas aller jusqu'aux toilettes. Et si elle tombait nez à nez avec Dylan ? Bon, et alors ? Après tout, elle était chez elle, non ? Et puis Dylan ne lui faisait pas peur. En fait, ce qui lui faisait peur, c'était sa propre réaction. Eh bien justement, c'était un bon test d'aller jusqu'à la salle de bains.

D'ailleurs, il y avait des chances pour qu'elle ne tombe pas sur lui. Ce qui serait finalement décevant ! Elle se leva et ouvrit sa porte. De l'autre côté du couloir, la porte de la chambre était ouverte également et Dylan était appuyé contre le mur. Ils échangèrent quelques banalités de circonstance : « Vas-y. — Non, toi d'abord. » Brenda aurait aimé le prendre dans ses bras, l'embrasser, lui faire l'amour, le réconforter. Mais elle se contenta de déclarer sèchement :

— Tu peux y aller le premier. Tu as déjà fait la moitié du chemin et tu as du mal à marcher.

— Merci.

Le cœur battant, Brenda réintégra sa chambre et attendit son tour.

Le lendemain matin, elle se sentait plus que jamais prête à interpréter le rôle d'Ophélie. Elle monta sur la scène et se concentra un instant, afin d'oublier les bruits de la circulation au-dehors, les stores qui battaient contre les vitres, le vacarme assourdissant de sa propre respiration. Enfin, elle récita d'une voix vibrante de passion :

— « Et moi, de toutes les femmes la plus accablée et la plus misérable, moi qui ai sucé le miel de ses vœux mélodieux, condamnée à voir maintenant cette noble et souveraine raison faussée et creuse comme une cloche fêlée ; à voir la forme et la beauté incomparables de cette jeunesse en fleur, flétries par la démence ! Oh ! malheur à moi ! Avoir vu ce que j'ai vu, et voir ce que je vois ! »

M. Suiter et les autres applaudirent à tout

rompre. Ensuite, M. Suiter la complimenta chaudement : elle avait parfaitement compris le rôle d'Ophélie, désorientée par l'étrange comportement d'Hamlet.

Désorientée ! C'était le moins qu'on puisse dire. Si Brenda comprenait si bien les sentiments d'Ophélie, c'était parce qu'elle partageait la salle de bains avec Hamlet. Quant à dire si c'était Dylan qui était devenu fou, ou bien si c'était elle, elle en aurait été incapable.

La sonnerie retentit et M. Suiter leur rappela qu'au cours suivant, Donna et David interpréteraient une scène de *Roméo et Juliette*.

— Vous vous sentez prêts, les enfants ?

Donna et David eurent un sourire un peu idiot. Ces deux-là leur cachaient quelque chose. Brenda avait dans l'idée qu'on allait s'amuser le lendemain, à défaut d'entendre du Shakespeare.

Dans l'autobus qui la ramenait chez elle, Brenda réfléchit longuement à l'attitude qu'elle devait adopter avec Dylan. Finalement, elle en arriva à la conclusion que le mieux serait de se montrer aimable, mais plus distante envers lui. Surtout, ne pas se laisser aller à ses sentiments, observer une certaine froideur à son égard. Elle ne se sentait pas encore prête à explorer les contrées romanesques et mystérieuses de l'amour. Et encore moins celles de l'amour physique.

Quand elle arriva chez elle, elle appela sa mère, mais ce fut Dylan qui répondit :

— Ta mère est sortie faire des courses.

Ça commençait mal. La catastrophe était là, imminente, menaçante. Elle ne pouvait pas décemment éviter Dylan, s'ils étaient tous les deux seuls dans la maison. Et puis, c'était le moment de mettre à l'épreuve sa nouvelle attitude. Elle entra dans le salon.

— Je suis seul avec moi-même, dit Dylan en éteignant la télé.

Il y eut un silence de mort.

— Je peux t'apporter quelque chose ? demanda Brenda. Tu veux un soda ?

— Ouais, avec plaisir, répondit-il en lui décochant un large sourire.

Brenda se dirigea vers la cuisine et Dylan lui lança :

— Ta mère a dit qu'elle avait laissé une assiette de sandwiches pour moi dans le frigo.

— O.K.

Brenda prit les sandwiches, un coca et retourna au salon.

— Je veux bien une pomme, aussi ! cria Dylan.

— O.K.

Brenda prit une pomme dans la corbeille à fruits. Il exagérait un peu, mais après tout c'était elle qui lui avait demandé ce qu'il voulait.

— Ça ira comme ça ? demanda-t-elle en déposant le plateau sur la table.

— Tu pourrais me passer le plaid qui est sur la chaise ?

Là, il y allait un peu fort, songea Brenda en saisissant la couverture.

— Et puis j'ai oublié mon livre sur la table.

Il la prenait pour sa nurse, ou quoi ? Brenda posa les mains sur les hanches et se planta devant lui.

— Alors, monsieur Dylan ? Vous voulez quoi, maintenant ?

— Euh... encore une chose.

— Ah oui ?

— Toi.

Dylan sourit et Brenda sentit fondre sa résistance. Impossible de ne pas être follement amoureuse d'un mec aussi craquant. Oubliant toutes ses résolutions, elle se précipita sur le canapé et se jeta dans ses bras.

— Eh, attention ! s'écria Dylan, avec un petit cri de douleur.

Brenda s'écarta.

— Oh, pardon.

— Non, reste là.

Elle l'embrassa et sentit ses bras se nouer autour d'elle. Evidemment, avec les côtes cassées, ça rendait la posture quelque peu périlleuse, mais rien n'aurait pu les arrêter.

— C'était trop dur, de t'éviter tout le temps, Dylan. J'avais jamais rien fait d'aussi difficile de toute ma vie !

Brenda était folle de bonheur. Ils restèrent longtemps blottis l'un contre l'autre malgré les blessures de Dylan, qui le faisaient encore souffrir. Plus rien n'existait autour d'eux, ils étaient seuls au monde.

— Non mais, qu'est-ce qui se passe ici ?

Une douche glacée ne leur aurait pas fait plus d'effet. Brenda se dressa d'un bond et dit la première chose qui lui passa par la tête :

— Papa, ce n'est pas ce que tu crois !

Interdit, M. Walsh demeura debout au milieu du salon, une valise dans une main, son carnet de notes dans l'autre.

Il avait l'air réellement furax.

7

Destination inconnue

Brenda et Dylan n'avaient fait que s'embrasser, rien de plus. Mais maintenant qu'elle avait les idées plus claires, Brenda avait la nette impression d'avoir trahi la confiance de quelqu'un. Non seulement celle de ses parents, mais aussi la sienne. Et puis non, c'était trop bête.

Après tout, ils n'avaient rien fait de grave. Son père devait bien savoir que ça se faisait entre lycéens, de s'embrasser. Et il la connaissait assez pour savoir qu'elle n'embrasserait pas n'importe qui.

Quoique... A voir la tête de M. Walsh, on pouvait augurer le pire. Il contemplait Dylan comme s'il s'agissait d'un délinquant entré par effraction dans la maison pour violer sa fille unique avant d'emporter le coffre-fort. Il en avait même oublié de poser ses bagages.

— Ah, ce n'est pas ce que je crois ? Alors éclaire-moi, Brenda.

— Je vais tout vous expliquer, monsieur Walsh, intervint Dylan.

— Il n'y a rien à expliquer. C'est tout ce que vous avez trouvé pour nous remercier de notre hospitalité ? Abuser de notre fille ?

Pas possible ! songea Brenda. Là, papa déraillait un peu. On n'était plus au Moyen Âge.

— Papa, ce n'est pas comme ça que ça s'est passé !

Mais M. Walsh refusa de l'écouter. Drapé dans sa dignité, il monta au premier d'un pas raide et solennel. Dylan et Brenda étaient assis chacun à un bout du canapé. Autant dire qu'un continent les séparait. Brenda répétait sans cesse qu'elle était désolée et Dylan lui répondait de ne pas s'en faire, que tout allait s'arranger.

Quand sa mère rentra enfin, Brenda la supplia d'aller parler à M. Walsh. Les sourcils froncés, Mme Walsh alla rejoindre son mari dans la chambre.

La porte se referma derrière elle. Brenda et Dylan s'assirent dans l'escalier pour écouter. Inutile de tendre l'oreille pour entendre la conversation ! Les cris résonnaient dans toute la maison.

M. Walsh prétendit qu'il avait sauvé sa fille d'un destin pire que la mort en rentrant de voyage plus tôt que prévu. Mme Walsh trouvait qu'il exagérait et qu'il avait tort de ne pas faire davantage confiance à Brenda.

M. Walsh voulait bien lui accorder sa confiance, à condition que Dylan ne soit pas dans les parages. Loin de lui l'intention de jeter un invalide à la rue, mais Dylan serait bien inspiré en quittant la maison.

— Oh, Dylan, je suis désolée, chuchota Brenda.

— C'est pas ta faute, Bren.

Le dîner fut sinistre, ce soir-là. Personne ne parlait, excepté pour demander le pain ou le sel. Si seulement Brandon avait été là, ça aurait détendu l'atmosphère! Mais c'était le soir où il restait au Club pour le dernier service.

Tout de suite après le dîner, Dylan regagna la chambre de Brandon et Brenda alla s'enfermer chez elle. Ah, son père pouvait être content! A cause de lui chacun était confiné dans sa pièce, alors qu'ils auraient dû discuter comme des gens civilisés.

Elle essaya de se plonger dans *Roméo et Juliette*, mais ses yeux s'embuèrent de larmes. L'amour était vraiment une épreuve difficile. Dans le fond, ce qui embêtait M. Walsh, ce n'était pas que Dylan soit le fils de Jay McKay, mais tout simplement qu'il soit un mec et qu'il s'intéresse à sa fille!

Brenda sombra dans un sommeil profond et sans rêves.

Le lendemain matin, elle trouva un petit

mot sur sa table de chevet. Dylan la remerciait pour tout et lui demandait de transmettre ses amitiés à Mme Walsh. Il ne voulait pas s'imposer davantage. Il partait. Destination inconnue. Baisers, Dylan.

Brenda voulut relire la lettre, mais elle pleurait trop, les larmes l'aveuglaient. Où voulait-il aller ? Il n'avait pas d'argent et avec ses blessures qui n'étaient pas encore guéries, il ne pouvait même pas conduire. Sa Porsche allait finir dans un fossé et lui avec !

Il fallait qu'elle le retrouve coûte que coûte et le ramène à la maison. Comment ? On verrait bien ! De toute façon, son père avait chassé Dylan de chez eux et il n'était pas question qu'elle demeure sous le même toit que lui une minute de plus !

La lettre à la main, elle se précipita dans la cuisine. Ses parents buvaient leur café comme si les événements dramatiques de la veille n'avaient pas eu lieu. Brenda jeta la lettre sur la table, sa mère la prit et la lut.

— Dylan est parti, dit-elle à son mari.
— Quoi ?
— J'espère que tu es content maintenant ! lança Brenda en se dirigeant vers la porte.
— Où vas-tu ? demanda M. Walsh.

Sa voix tremblait un peu. De colère ou d'inquiétude ? Brenda s'en fichait pas mal.

— Essayer de le retrouver. Et lui demander pardon pour mon imbécile de père.

Brenda claqua la porte derrière elle. Ce

n'était pas malin de traiter son père d'imbécile. Surtout qu'il n'était pas si idiot que ça. Il était victime de ses principes stupides, voilà tout.

Tout ça, c'étaient des conneries. Roméo et Juliette, Dylan et Brenda, Kyle et Kelly... Pour ces deux-là, le problème était un peu différent.

Juste au moment où Kelly abordait le sujet des cours particuliers avec Kyle, on leur avait servi le saumon. C'était délicieux, mais Brenda était si impatiente d'entendre la fin de l'histoire qu'elle s'était dépêchée de manger. Après avoir grignoté quelques bouchées, Kelly n'avait pas pu résister davantage et avait enfin craché le morceau.

Le restaurant était plein à craquer, mais Kelly et Brenda avaient une table un peu à l'écart et elles avaient l'impression d'être seules.

— Alors, tu t'es levée avant les mouettes. Et après, que s'est-il passé pendant la leçon ?

— Au début, pas grand-chose. On a joué au volley.

— C'est tout ? T'as dû être déçue, non ?

— Pas tant que ça. Grâce aux conseils de Kyle, j'ai vraiment amélioré mon style. A un moment, je me suis fait mal au poignet et Kyle m'a massée. Il a des mains... c'est trop !

Kelly sourit, les yeux dans le vague.

— Bref, il m'a demandé s'il pouvait me revoir. Steve nous a entendus prendre rendez-vous et il est venu m'informer gentiment que Kyle avait déjà une nana. Ecoute bien, ça devient intéressant. Je l'ai traité de con et pour se venger, il m'a dit que Kyle me roulait dans la farine et que ce qui l'intéressait, c'était pas de coucher avec moi. Alors, je lui ai répondu : « Eh ben, tant mieux, ça me changera de certains. »

— C'est envoyé !

— Ouais. Mais Steve avait raison. Ou du moins, c'est ce que j'ai pensé pendant un moment.

Kelly planta le bout de sa fourchette dans un minuscule morceau de saumon et le mastiqua pensivement. Sur le gril, Brenda demanda :

— Alors, tu l'as revu ou pas ?

— Oui, mais ça s'est pas passé comme je l'espérais. On est allés pique-niquer sur la plage le lendemain soir. Il y avait du sable partout. Il faisait pas très froid, mais on s'est quand même blottis devant le feu de camp, enfin tu vois le genre. Kyle était absolument adorable et... je crois que je me suis laissée emporter par l'atmosphère romantique.

— Super. Je parie que Kyle a adoré ça.

— Ben, c'est là que j'ai plus compris. J'ai commencé à me déshabiller pour aller me baigner, tu sais ? Les bains de minuit, je trouve ça géant ! J'ai balancé mes fringues sur le sable et j'ai couru vers l'eau, mais il a pas voulu me suivre.

— Ah bon ?

Brenda ouvrit des yeux ronds. Refuser un bain de minuit avec Kelly ? Il était pas normal, ce mec.

— Il n'a même pas voulu m'embrasser. Enfin si, il a commencé et c'était pas mal du tout. Et puis tout d'un coup il a eu l'air gêné et il s'est arrêté. J'avais l'air un peu con.

— Kelly Taylor aurait-elle connu une défaite, une fois dans sa vie ?

— Arrête, ça m'a complètement déprimée. Tu comprends, ça m'était jamais arrivé ce genre de truc, même avant que je me fasse refaire le nez. Je lui ai demandé de me ramener chez moi et on n'a pas échangé une seule parole tout le long du chemin.

— Alors c'était vrai, il voulait pas coucher avec toi ?

— C'est ce que je me suis dit. Le lendemain, Steve l'a harcelé de questions à propos de notre soirée et Kyle a essayé de lui faire croire qu'on s'était éclatés. Et tu sais ce qu'il a eu le cran de me demander ? Il a dit qu'il fallait qu'on parle tous les deux. Je ne lui ai même pas répondu. Et ce crétin de Steve qui est venu me narguer, en me demandant si je m'étais déjà fait larguer ! T'imagines de quelle humeur j'étais.

— Ça alors, murmura Brenda. Dans un

sens, ça me fait du bien de savoir que ce genre de chose peut t'arriver, à toi aussi.

— Oui, mais l'histoire n'est pas encore terminée. Je t'ai pas dit le plus important.

— Ah non?

— Non. Tu as fini ton saumon? Alors, on va commander le dessert. J'ai envie de prendre quelques calories ce soir.

Quand Brenda rentra à la maison quelques heures après avoir trouvé la lettre de Dylan, elle décida de faire quelque chose de constructif, pour changer. Elle appela d'abord l'appartement de M. McKay, puis l'hôtel Bel Age, où Jay McKay avait sa suite réservée. Personne n'y avait vu Dylan. On ignorait même qu'il avait eu un accident.

Elle venait à peine de poser le récepteur, lorsque la sonnerie retentit. Mme Walsh se précipita pour décrocher.

— Tu permets, Bren? Tant qu'on n'aura pas retrouvé Dylan, ça va probablement être ma seule occasion de parler au téléphone, s'exclama-t-elle en riant.

Mais soudain elle devint grave, admit qu'elle était bien Mme Walsh et informa son interlocuteur qu'elle ignorait où se trouvait Dylan.

— Ah bon? Ah oui? Non? Pas possible!

Elle finit par raccrocher et se tourna vers Brenda, qui attendait anxieusement une explication.

— Dylan ne t'a pas dit s'il comptait aller voir sa mère à Hawaï ?

— Sa mère ? Hawaï ? Il m'en a jamais parlé ! Mais qui c'était ?

— L'avocat de M. McKay. C'est l'hôpital qui lui a donné notre numéro. Apparemment, quand M. McKay s'est livré aux autorités, la mère de Dylan avait tout arrangé pour qu'il aille la rejoindre à Hawaï le week-end dernier. Il était censé prendre l'avion le matin où il a eu l'accident.

— Et il a préféré aller faire du surf ?

— Oui. Et maintenant, plus personne ne sait où il est.

— Si papa n'avait pas fait l'imbécile...

— Ton père n'est pas un imbécile et je t'interdis de parler comme ça.

Mme Walsh posa tendrement la main sur l'épaule de Brenda.

— Il est seulement un peu soupe au lait... surtout quand il s'agit de sa fille.

— Je sais, maman.

D'accord, son père n'était pas un imbécile. N'empêche que Dylan avait disparu depuis hier soir. Et elle ne pourrait pas dormir tranquille tant qu'on ne l'aurait pas retrouvé.

Le temps parut s'accorder à l'humeur de Brenda. Dans la nuit un vent chaud et violent se leva, balayant les feuilles en tourbillons le long des trottoirs. L'atmosphère était tendue, chargée d'électricité. D'après Raymond Chandler, quand ce vent-là soufflait il fallait toujours s'attendre au pire. Elle s'endormit en écoutant les câbles du téléphone battre le mur.

Le lendemain matin le vent était tombé, laissant derrière lui des tonnes de feuilles mortes et de branches brisées. Mais l'air était pur et léger, le ciel dégagé. De sa fenêtre, Brenda vit même les collines de Hollywood.

Au cours d'art dramatique, Donna lui confia d'un air tragique que David et elle n'étaient pas très doués pour le théâtre. Elle ne se voyait pas du tout dans le rôle de Juliette et M. Suiter allait être très déçu. A première vue ce n'était pas catastrophique, mais Brenda essaya de se montrer compatissante.

— C'est seulement un cours de vacances, tu sais. Les notes, ça n'a pas tellement d'importance.

— Non, mais David a quand même trouvé un moyen pour nous obtenir une supernote.

— Génial. Qu'est-ce que c'est ?

Donna sourit d'un air mystérieux.

— Tu verras.

Pas d'prob, elle pouvait attendre.

Mais où était Dylan ?

Quand il arriva au Club, Brandon eut beaucoup de travail, à cause du vent qui avait soufflé toute la nuit. Des sacs poubelles avaient été renversés et les ordures s'étaient répandues sur la plage. Les jardiniers étaient déjà en train de ramasser les branches cassées dans le patio et autour du solarium.

La porte d'un des bungalows était restée ouverte et il alla la fermer. Auparavant, il vérifia que tout était en ordre à l'intérieur. Et là, il eut le choc de sa vie. Dylan dormait là, recroquevillé sur un vieux canapé en rotin.

— Hé, Dylan !

Il ouvrit les yeux et se redressa péniblement. Ses blessures le faisaient encore souffrir et il était tout ankylosé.

— Qu'est-ce que tu fous ici ? Tout le monde te cherche.

— Il me fallait un pieu pour dormir.

— Tu peux pas rester là, mec ! Henry va appeler la police.

Il y avait peu de chances que Henry fasse une chose pareille, mais il ne serait pas content s'il apprenait que Dylan avait dormi au Club.

Dylan se leva, fit signe à Brandon, et avec son aide il poussa un petit meuble et lui désigna des marques faites à l'encre sur le mur.

— Qu'est-ce que c'est ?

— C'est là que mes parents me mesuraient quand j'étais gosse. Regarde, il y a encore les dates.

— C'est le bungalow de tes parents ?

— Ouais. On passait tous les étés ici. J'avais six ans quand mes parents se sont séparés. C'est là que les marques se sont arrêtées. On se marrait bien, à l'époque. C'était extra. Mon père me lançait en l'air et me rattrapait au vol. Il disait qu'il me laisserait jamais tomber. On dirait qu'il a oublié sa promesse... J'ai l'impression que tout le monde m'a laissé tomber.

— Dylan...

— La prochaine fois que t'auras de mes nouvelles, je serai à Skid Drive.

— C'est où, ça?

— C'est le coin où se retrouvent tous les clodos de Beverly Hills.

Brandon devait faire une drôle de tête, car Dylan reprit:

— T'angoisse pas, mec. Je vanne. Excuse-moi, je suis un peu cynique, ces temps-ci.

Il promena un regard circulaire.

— Visite guidée du bungalow des souvenirs, mesdames et messieurs.

Blague ou pas, Dylan avait une sale tête. Il avait pas dû dormir des masses, la nuit dernière.

— Ça te dit, de prendre le p'tit déj? demanda Brandon.

Dylan regarda le bout de ses souliers sans répondre.

— C'est moi qui t'invite.

— Tes parents m'ont déjà invité toute la semaine.

— Bon, si t'as pas faim, j'insiste pas.

— D'accord, mais je te rembourserai quand j'aurai du fric.

Le restaurant du Club n'était pas encore ouvert, mais les cuistots étaient des potes de Brandon. Quelques minutes plus tard, Dylan et lui étaient en train d'engloutir des œufs, du bacon, des toasts et des litres de café.

— Alors, pourquoi t'as pas pris l'avion pour Hawaï?

Dylan s'arrêta de manger et regarda Brandon avec stupeur.

— Comment tu sais ça?

— Ma mère a parlé avec l'avocat. Il paraît que ta mère s'inquiète pour toi.

— Ah ouais? Ça serait bien la première fois. Elle plane à cent mille, ma mère. A part un coup de fil de temps en temps au milieu de la nuit, j'entends jamais parler d'elle. Et c'est très bien comme ça.

— Tôt ou tard faudra bien que tu la voies, Dylan. Tu peux pas l'éviter toute ta vie.

— Je peux essayer, murmura Dylan en trempant un morceau de pain dans du jaune d'œuf.

Il cherchait quoi, au juste? A se couper du reste du monde? Brandon ne voulait pas le laisser faire. Il n'avait pas envie que son pote finisse vraiment sur Skid Drive ou dans un bidonville quelconque.

— Je vais parler à papa. Je suis sûr qu'il sera d'accord pour que tu reviennes à la maison.

— Laisse béton. Il m'a fichu à la porte.

— Ouais, mais il pense pas toujours ce qu'il dit quand il est en colère.

Dylan haussa les épaules.

— Tu peux lui parler si tu veux, mais ça sert à rien.

— Il vaudrait mieux que ça serve à quelque chose. Sinon, Brenda ne nous le pardonnera jamais.

De leur côté, Brenda et M. Walsh étaient aussi attablés devant le petit déjeuner, et s'ignoraient avec application. Dans la cuisine, l'atmosphère était tendue. Si son père était moins entêté et moins possessif, rien de tout ça ne serait arrivé, songeait Brenda.

Le téléphone sonna et elle alla répondre. C'était Brandon. Dylan était retrouvé et il allait bien. Le pied! Brenda essaya de dissimuler sa joie. Ça ferait du bien à son père, de mariner encore un peu. Elle dit simplement : « Merci », avant de raccrocher.

— Qui c'était ?

— Une copine. Rien d'important.

Brenda finit sa salade de fruits et plaça le bol dans le lave-vaisselle. Son père approcha, une tasse vide à la main.

— Combien de fois faudra-t-il te le dire, Bren ? Les bols vont en haut !

— Ça va, je sais remplir un lave-vaisselle.

Son père la poussa sur le côté et se mit en devoir de tout réarranger. Dans les tintements de vaisselle, il expliqua sentencieusement :

— Il faut placer les assiettes les unes derrière les autres, comme ça tu en fais rentrer davantage. Tu vois, Brenda, il y a différentes méthodes pour faire les choses. La bonne méthode et la mauvaise méthode.

Brenda bouillait de colère. Son père se fichait pas mal du lave-vaisselle. Ce qu'il voulait, c'était lui faire LA grande leçon de morale.

— Oui, je vois, dit-elle d'un ton glacial. Et il y a la méthode Walsh, pas vrai ?

Son père fixa sur elle un regard grave. Soudain, Brenda eut l'impression d'être une mouche prise au piège. Elle ignorait ce que son père allait dire, mais il n'avait pas l'air d'être d'humeur à plaisanter.

8

Les empreintes

Contre toute attente, M. Walsh sourit et Brenda fut toute décontenancée. Dans la vie, elle pouvait résister à tout sauf à un sourire de son père. Même au beau milieu d'une dispute, il était capable de la faire craquer rien qu'avec ce sourire. M. Walsh referma le lave-vaisselle.

— Jusqu'ici, le système Walsh a parfaitement fonctionné. Du moins, en ce qui concerne l'éducation des enfants.

Brenda fit celle qu'on n'impressionnait pas si facilement.

— Brandon et moi ne sommes plus des enfants, non ?

— Ah, tu crois ?

La discussion ne s'orientait pas exactement comme elle le souhaitait.

— Tu n'avais pas à mettre Dylan à la porte.

— Je ne l'ai pas mis à la porte. J'ai dit qu'il pouvait rester tant qu'il n'était pas rétabli.

Quoi? Alors là, il avait carrément perdu la mémoire!

— C'est pas vrai! T'as dit qu'il devait dégager avant deux jours! Tu crois que ça lui a fait plaisir? Le coup de téléphone, tout à l'heure, c'était Brandon. Il paraît que la nuit dernière, Dylan a dormi dans un bungalow du Club.

Brenda éclata en sanglots. C'était rageant de ne pas contenir ses larmes, mais elle n'en pouvait plus. Tout le monde était contre elle. Walsh la prit dans ses bras et elle se blottit contre lui. Même quand il avait tort, on se sentait en sécurité avec lui.

— D'accord, Brenda. D'accord. On va l'aider à sortir de là, ton copain.

Brenda recula un peu et s'essuya les yeux.

— C'est vrai, papa? Tu ferais ça?

Finalement, c'est elle qui avait gagné?

— Brenda, essaie de comprendre... Attends, je vais te montrer quelque chose.

M. Walsh ouvrit un tiroir qui contenait des tas de petits riens: des bouts de ficelle, des outils, des bouchons. On fourrait là-dedans tous les objets qui n'avaient pas de place déterminée dans la maison et on les oubliait aussitôt. Il fouilla un instant à l'intérieur et en retira quelque chose qu'il posa à plat sur sa main.

Brenda n'en revenait pas. Ça faisait des

années qu'elle avait oublié l'existence de ce truc-là. Elle croyait que ça avait disparu depuis longtemps. Et le plus étonnant, c'est que son père savait exactement où ça se trouvait !

C'était un morceau de terre glaise de la taille d'un blinis. Sur le dessus, on distinguait nettement l'empreinte de deux petites mains. Quelqu'un avait écrit au-dessous : « Brenda Walsh, 5 ans. »

— Papa, je...

— Attends. Ce que j'ai à te dire est très important. Pour moi, quelque part, au-delà de toute logique, tu es encore la petite fille qui a déposé ses empreintes sur ce morceau de terre. Je sais que tu es lycéenne, que tu es amoureuse et que tu as les problèmes et les aspirations d'une jeune femme. Mais pour moi, tu es toujours : « Brenda Walsh, 5 ans. » Tu vois, le temps passe un peu trop vite pour les parents !

Brenda se jeta au cou de son père. Il faisait des efforts terribles pour paraître pragmatique, autoritaire et sûr de lui. Mais au fond, c'était un tendre et un sentimental. C'était peut-être pour ça que ses sourires la faisaient craquer ?

— C'est fini, papa, je ne suis plus ta petite fille.

— Oh, si ! Et tu le resteras toujours.

Il avait raison. Ce n'était pas si terrible que ça, après tout. Autant essayer de s'habituer à cette idée. Certaines personnes étaient confrontées à des situations plus compliquées que ça. Kyle, par exemple. La vie, ça devait pas être du gâteau pour lui.

Brenda et Kelly passèrent un long moment à se torturer devant le chariot des desserts chez Enyart. Etait-ce bien raisonnable ? Toutes ces calories allaient sûrement leur tomber directement sur les hanches. Brenda n'arrivait pas à se décider entre le gâteau à la crème fouettée et la tarte au kiwi. Mais quand Kelly opta pour la mousse au chocolat, elle fit de même.

Le chocolat était fondant et moelleux à souhait. Un délice. Brenda en oublia même un instant l'existence de Kyle Conners. Après ça, le café était incontournable.

— Alors, qu'est-ce qui s'est passé ? demanda-t-elle après quelques cuillerées de mousse.

Kelly lui lança un regard perplexe.

— Hou hou, Kelly ! Tu me parlais de Kyle Conners, non ?

— Ah oui. C'est géant ce dessert, tu trouves pas ?

— Génial, le chocolat. Mmm... Et Kyle Conners ?

— Il ne m'a plus adressé la parole de la journée. C'était aussi bien, parce que j'étais pas d'humeur à papoter. J'aurais voulu l'étrangler, tu vois. Mais le lendemain ça allait mieux et j'ai accepté de l'écouter.

— Et il t'a dit quoi ?

— Qu'il me trouvait super branchante comme nana, mais que j'étais pas tout à fait son type. En fait, il était pas sûr d'avoir un type de nana.

— Il regrettait son ancienne copine ?

— C'est ce qu'il m'a dit. Au début je l'ai cru, il avait l'air sincère. Candide, même. Et puis il m'a demandé de jouer dans son équipe de volley et j'ai accepté.

— Il voulait frimer avec sa nouvelle recrue.

— Tu parles, Charles, plutôt deux fois qu'une. N'empêche, c'était génial, on s'est bien marrés. Steve était dans l'équipe adverse et il n'arrêtait pas de m'envoyer le ballon dessus.

— Quel idiot, celui-là !

— C'est pas sa faute, il est tellement dingo de moi. Enfin, cette brute a fini par me faire très mal au poignet, regarde.

Kelly tendit le bras et désigna un énorme bleu.

— Quand Steve a fait ça, Kyle a vu rouge et il lui a fichu un coup de poing. Pour défendre mon honneur, tu comprends.

— Moui, fit Brenda sceptique.

— Mais finalement, c'est moi qui ai défendu le sien parce que Steve est monté sur ses grands chevaux et l'a accusé de n'être arrivé à rien avec moi.

Brenda reprit un peu de mousse.

— Et alors ?

— Alors, je lui ai dit que Kyle avait été super et qu'il pouvait même pas imaginer la soirée géniale que j'avais passée avec lui. Comme il n'a rien trouvé à répondre, il est parti bouder ailleurs. Mais je l'ai revu plusieurs fois dans la journée. Chaque fois il m'a suppliée de lui dire ce qui s'était réellement passé entre Kyle et moi. J'ai refusé, bien sûr.

Kelly avala quelques gorgées de café avec sa mousse au chocolat.

— C'est tout ? questionna Brenda. Je le crois pas. Je suis sûre que tu me caches encore quelque chose.

— Bien vu, ma belle. Mais d'abord tu dois me jurer solennellement que tu répéteras jamais ce que je vais te dire.

Brenda hésita un quart de seconde.

— C'est juré.

— Tu as intérêt à tenir ta promesse. Sinon, je dirai à tout le monde au lycée que tu dors en grenouillère, comme les bébés.

— Mais c'est même pas vrai !

— Vrai ou pas, je te conseille de garder ça pour toi. Kyle pense qu'il est homosexuel.

— Non ?

— Si.

Elle aurait dû s'en douter. Waouh ! Cette histoire était fascinante.

— S'il t'a dit ça, c'est qu'il a vraiment confiance en toi.

— Je pense, oui.

Kelly paraissait très contente d'elle. Elle écrasa un peu de mousse au fond de sa coupe et lécha la cuillère.

— Ce rendez-vous qu'il m'a donné sur la plage, c'était une sorte de test pour lui. Il se disait que s'il pouvait résister à une fille comme moi, c'est qu'il était vraiment homo.

— Logique.

— Tu comprends, c'est pas comme si je lui déplaisais pour de bon.

— Je vois.

Visiblement, Kelly avait réussi à transformer cet épisode en triomphe personnel. Les problèmes de Kyle, elle s'en fichait complètement.

— Et maintenant, vous êtes copains ?

— Ouais. On est super copains.

Elle poussa un léger soupir et Brenda lui lança un coup d'œil interrogateur.

— Quand même... c'est dommage qu'il aime pas les filles. Il est tellement mignon ! Quel gâchis !

M. Walsh promit à Brenda de tout faire pour persuader Dylan de revenir chez eux.

— Tu sais, papa, Dylan peut être très têtu.

M. Walsh sourit et lui rappela qu'en termes d'obstination, il en connaissait lui-même un rayon.

Kelly avait réglé son problème avec Kyle,

et Brenda était sur le point de solutionner le sien avec Dylan et son père... du moins pour ce qui était de la cohabitation.

Brenda mourait d'envie d'aller au Club. Mais elle ne pouvait se résoudre à sécher les cours, fût-ce un cours d'art dramatique facultatif. Et puis, c'était aujourd'hui que devait avoir lieu le numéro de Juliette et de son Roméo. Pas question de rater ça. Probable que ce pauvre Shakespeare allait se retourner dans sa tombe.

Quand Brenda arriva dans la classe, elle ne vit Donna et David nulle part. Le rideau était tiré devant la scène et on entendait des bruits et des gloussements qui venaient de derrière. Les deux acteurs préparaient leur grande première mondiale.

M. Suiter était assis au premier rang, les bras croisés.

— Il y a quelqu'un, là-dessous ? appela-t-il.

— On est prêts, monsieur Suiter, répondit Donna.

Andrea tira sur le cordon et le rideau s'écarta, révélant une mise en scène pour le moins inattendue... qui fut accueillie par un éclat de rire général.

Revêtu d'une longue robe de velours, David trônait sur un bureau. Il avait fourré des chiffons dans le vêtement pour donner l'illusion d'une poitrine opulente. Sa tête était couverte d'une perruque blonde et d'un large chapeau à plumes. Face à lui, une main levée dans sa direction, comme si un invisible verre reposait sur sa paume ouverte, se trouvait Donna. Son collant et son justaucorps lui allaient à merveille. Super, le look médiéval! songea Brenda. Si ça se trouve, ça va faire fureur à la rentrée.

D'une voix de fausset, David déclama le rôle de Juliette avec force gestes des mains :

— «Ô Roméo! Roméo! pourquoi es-tu Roméo? Renie ton père et abdique ton nom; ou, si tu ne le veux pas, jure de m'aimer, et je ne serai plus une Capulet.»

M. Suiter dissimula son visage derrière une main et prit un air accablé. Brenda et les autres éclatèrent de rire.

Ce fut au tour de Donna, qui énonça, d'une voix de basse qui avait tout de la corne de brume :

— «Dois-je l'écouter encore ou lui répondre?»

La Juliette la plus masculine de tous les temps poursuivit :

— «Ton nom seul est mon ennemi. Oh! Sois quelque autre nom! Qu'y a-t-il dans un nom? Ce que nous appelons rose embaumerait autant sous un autre nom.»

— «Donne-moi le nom de l'amour, et ce nom deviendra mien. Désormais je ne suis plus Roméo.»

C'était horrible. C'était géant. La cata.

Brenda ne savait plus que penser. Manifestement, M. Suiter non plus. Il déclara que c'était très drôle, mais qu'il désirait que Donna et David reprennent cette scène sérieusement quelques jours plus tard.

Quelques jours... Dylan serait-il revenu à la maison à ce moment-là ? Brenda serait-elle capable de faire face à la situation ?

En rentrant chez elle, elle vit la Porsche de Dylan garée devant le perron. Elle entra en trombe. Mme Walsh l'attendait dans le salon.

— Dylan est ici ?

— Oui. Il est à côté, en train de discuter avec ton père.

— Discuter ? Tu veux dire qu'ils ont... une vraie conversation ? Comme des gens sensés, adultes et raisonnables ?

— C'est ce qu'il me semble. Ça fait une demi-heure qu'ils sont enfermés tous les deux.

— Il va rester ?

— Je n'en sais rien. Chaque chose en son temps.

Mme Walsh serra Brenda dans ses bras, puis se dirigea vers la cuisine pour préparer le repas. Sur la pointe des pieds, Brenda alla se poster derrière la porte de la salle à manger et tendit l'oreille. Elle constata avec ravissement que les deux hommes parlaient comme des copains.

— Tu as bien des objets qui t'appartiennent personnellement ? entendit-elle M. Walsh demander.

— Ma voiture. Pas grand-chose d'autre.

— Et de l'argent liquide ?

— Que dalle.

M. Walsh parut s'impatienter.

— Ton père a bien dû mettre quelque chose de côté pour toi.

Il y eut un long silence. Brenda imagina Dylan les yeux baissés, regardant pensivement le bout de ses chaussures.

— Ben... tout le monde sait que je suis censé partir à Hawaï, vivre avec ma mère.

— C'est pas une mauvaise idée.

— Vous pouvez pas comprendre. En octobre, ça fera trois ans que je l'ai pas vue.

— C'est vrai, j'ignore ce qui se passe entre ta mère et toi, mon gars. Ce que je sais, c'est que tu traverses une mauvaise passe. Ecoute, Dylan : je peux m'occuper de gérer ton argent, si tu es d'accord. Mais il faut que je commence tout de suite. Si tu refuses, tu risques de te retrouver sans un sou et de coltiner un tas d'ennuis. Si on attend trop, le tribunal va s'en mêler et tu peux pas imaginer dans quel merdier tu vas te retrouver.

On aurait dit que M. Walsh conseillait un de ses clients.

— Je sais pas quoi faire, répondit Dylan.

— Je te comprends. Ce n'est pas facile. Et malheureusement, ça ne s'arrange pas avec le temps, ce genre de chose.

M. Walsh toussota, comme s'il se sentait soudain un peu gêné.

— Euh... tu peux rester ici, en attendant d'y voir plus clair dans toute cette histoire.

Brenda aurait aimé lui sauter au cou.

— Merci, m'sieur. Et... je suis désolé, pour l'autre jour.

Oh, non! non, Dylan, c'est pas le moment de parler de ça! On a gagné! Brenda se mordit les lèvres, mais elle fut soulagée en entendant son père répliquer:

— C'est moi qui devrais m'excuser. Mais tu sais, c'est dur de partager sa fille avec un autre homme!

Il y eut un autre long silence. Dylan avait dû acquiescer d'un signe de tête. M. Walsh reprit:

— Tu as parlé à ton père de ton accident, de tes problèmes financiers?

— Non.

— Tu as l'intention de le faire?

— Non.

— Dylan, ton père a commis pas mal d'erreurs, et j'ai comme l'impression qu'il va avoir tout le temps d'y réfléchir. C'est maintenant qu'il a besoin d'être soutenu. Ecris-lui, téléphone-lui. Il faut qu'il sache qu'il n'est pas seul.

— Que voulez-vous que je lui dise?

— Ce que tu penses. Ce n'est pas toujours facile, mais au bout du compte la franchise finit toujours par payer, tu sais.

— Au bout du compte... Ouais... tout au bout, alors. On a du temps devant nous.

Cette fois, le silence parut interminable.

Brenda n'y tint plus. Un large sourire aux lèvres, elle poussa la porte et entra.

— Salut!

L'atmosphère se détendit instantanément et ils se mirent à bavarder tous les trois. Puis M. Walsh alla aider sa femme à préparer le dîner. Brenda et Dylan restèrent seuls, soudain aussi gauches et empruntés que s'ils se voyaient pour la première fois.

— Tu vas rester? demanda Brenda.

— On dirait. Mais toi et moi, on devrait régler quelques petits détails d'abord.

— Des détails?

— Oh, tu sais... les heures où je peux me servir de la salle de bains. Et puis si tu pouvais faire un peu de place dans ton placard pour mes vêtements, ça serait sympa.

On ne pouvait pas dire que Dylan abusait. Apparemment, il allait s'installer pour quelque temps. Combien de temps, au juste? S'il s'attardait ici, un de ces jours, M. Walsh la surprendrait encore dans ses bras. Combien de temps pourrait-elle résister à la tentation? Combien de temps en aurait-elle la force? Et l'envie?

Steve Sanders ne lâchait plus Brandon. Il n'avait qu'une idée en tête: pouvoir jouer aux cartes dans la salle de jeu du Club, un soir, après la fermeture. C'était une obsession depuis qu'il avait rencontré un certain Danny

Waterman, un mec qui prétendait être un vrai joueur de poker. Brandon ne l'avait jamais vu, mais il l'imaginait avec un grand chapeau noir et une veste en soie noire, tout droit sorti d'un film sur les casinos de Las Vegas.

Appuyé au chariot plein de serviettes sales que Brandon poussait sur le solarium, Steve avait entrepris une nouvelle fois de harceler son ami.

— Ecoute, Steve, je te répète que ça m'intéresse pas. J'ai trop de mal à gagner mon fric pour aller me faire ratisser au poker.

— Mais c'est pour ça qu'il faut que tu viennes, connard ! Tu es le perdant idéal, il nous faut un type comme toi.

— Ça me mettrait le cœur en joie de te rendre ce service, mon cher Steve, mais malgré tout l'honneur que tu me fais, c'est non ! Attention aux déchets toxiques ! hurla-t-il en poussant le chariot le long d'une petite pente.

Steve eut juste le temps de faire un bond en arrière. Le chariot dévala la pente et deux employés de la blanchisserie le réceptionnèrent en bas.

— Et puis Brandon, t'es le seul à avoir la clé de la salle de jeu.

— C'est méga, ton idée. Non seulement je vais perdre tout mon pognon, mais en plus je pourrai plus en gagner, puisque je me ferai virer !

— Hé, cool, Brandon ! Personne s'en apercevra, j'te le garantis.

— Ah oui ?
— Pas d'prob', on fera attention. Alors d'accord ? Une heure après la fermeture. Et n'oublie pas les clés. A tout à l'heure !

Steve jeta un regard autour de lui et disparut entre les buissons.

Brandon se demanda pourquoi il se laissait toujours avoir par ce mec.

Brenda en avait marre de regarder Dylan se morfondre. Essayer de paraître fort et digne en toutes circonstances, c'était très bien, mais à la longue ça devenait lassant. Brenda aurait préféré que Dylan lui avoue une bonne fois pour toutes qu'il était déprimé d'être fauché. Tout aurait été plus simple. Ou même, il aurait pu par exemple partir voir sa mère à Hawaï. Après tout, ça ne pouvait pas être si terrible que ça, d'aller à Hawaï ! Même dans ces circonstances.

Elle passa toute une journée à l'observer du coin de l'œil, l'air de rien. Finalement quand Donna débarqua chez les Walsh après dîner, elle fut soulagée. Enfin, elle allait pouvoir se changer les idées ! Kelly était partie à Newport Beach avec sa mère. C'était super, elles n'étaient plus que deux pour décider quel film elles allaient voir. Quand elles étaient toutes les trois, elles finissaient toujours par se disputer sur Sunset Boulevard. Le temps qu'elles se mettent d'accord il était trop tard, elles avaient raté la dernière séance.

— On pourrait regarder les programmes ici, suggéra Donna.

— Ouais. Au moins on serait assises.

— O.K. Dylan vient avec nous ?

— Et pourquoi il viendrait ? demanda Brenda.

— C'est pas comme s'il t'emmenait au cinéma en tête à tête, Bren, c'est plutôt... une sortie en groupe, tu vois ? Ou si tu veux, on peut dire que c'est moi qui sors avec lui.

Ça c'était le comble ! D'abord, Dylan venait vivre chez elle et maintenant Donna voulait sortir avec lui ! Et puis quoi encore ?

Donna dut sentir qu'elle avait gaffé, car elle ajouta :

— Je disais ça pour rendre service, tu sais.

Dans le fond, il n'y avait pas de lézard à inviter Dylan. C'était pas comme s'ils sortaient seuls tous les deux.

— Dylan ! Tu veux venir au ciné avec Donna et moi ?

Dylan sortit de la cuisine, un torchon à la main.

— Non, merci. J'ai un truc à lire.

— Allez, viens ! s'exclama Donna. On t'invite.

Nul. Si Donna voulait braquer Dylan, elle aurait pas pu trouver mieux.

— Une autre fois, répondit-il, très digne.

Dylan disparut dans l'escalier et Donna regarda Brenda, ahurie.

— Qu'est-ce qu'il a ?

— Ça te regarde pas, ma vieille. Alors, on va voir quoi ?

Le soleil s'enfonçait à l'horizon. La journée tirait à sa fin et Brandon n'était pas fâché. Une journée comme les autres au Beverly Hills Beach Club, avec son lot de verres sales, de serviettes mouillées et de transats à plier. Il avait même dû ramasser une couche-culotte qui puait tellement qu'il fronça le nez rien qu'en y repensant.

Henry partit chez lui et laissa Brandon fermer les vestiaires. Quand ce fut fait, il alla s'installer près du bar et attendit.

Bientôt la nuit tomba, mais il s'abstint d'allumer les lumières. Etant donné les circonstances, il se sentait plus en sécurité dans l'obscurité. Qu'allait-il se passer ce soir ? Il y avait des chances pour qu'il perde tout son fric aux cartes. Ses parents, écœurés par son manque de jugement, le renieraient et lui couperaient les vivres. Il finirait à... comment Dylan avait-il appelé ce coin ? Ah oui... Ski Drive. Le rendez-vous des clochards et des marginaux.

Quelqu'un frappa à la porte du patio et il sortit de sa rêverie morbide. Il alla se placer derrière la porte et chuchota :

— Le mot de passe ?

— Si t'ouvres pas cette porte, Walsh, je te casse la gueule.

C'était la voix de Steve.

— Ouais, pas mal, comme mot de passe.

Brandon ouvrit et trois gars entrèrent. Ils portaient des paquets de chips, des boîtes de soda et plusieurs jeux de cartes. Steve avait emmené David Silver. Brandon trouva ça un peu étrange, car tout le monde, y compris Steve, le considérait comme un crétin. Le troisième gars était le fameux Danny Waterman.

Il n'avait pas du tout la tête que Brandon avait imaginée. Ses cheveux étaient enduits de gel et de toute évidence il en faisait un max pour ressembler à Elvis.

— Waouh! s'exclama David, bouche bée. J'étais jamais venu ici la nuit. C'est chouette!

— Tu peux la fermer, David ? Les murs ont... euh... des oreilles.

Steve lança un paquet de chips sur la table et Brandon sursauta.

— Cool, Brandon. On est là pour s'éclater, non ?

Steve et Danny choisirent une table de jeu et s'installèrent. Pendant ce temps, David inspectait le matériel électronique du Club.

— Elle est super, cette console !

Steve jeta un coup d'œil par-dessus son épaule.

— Ça vaut pas la projection par transparence. C'est ce qu'on a chez nous. Sans déc', c'est le méga-panard, ce truc !

— Peut-être, fit David, mais n'empêche, la qualité du matos, mec...

Danny commença à battre les cartes.

— Alors, les gonzesses, on est là pour papoter ou pour jouer aux cartes ?

Mais David n'avait pas l'air décidé. Même pour se mettre dans les petits papiers de Steve. Il était fasciné par la stéréo.

— C'est géant, ce lecteur de CD. Pourquoi ils s'en servent jamais ?

— Ne le fais pas marcher, David ! s'exclama Brandon.

Il manquait plus que la musique, maintenant ! Ils voulaient alerter tout L.A. ou quoi ?

— Attends, rien qu'un morceau, rétorqua David en fouillant dans les CD.

— Ouais, mais doucement, alors, hein ?

Danny battait les cartes comme un vrai pro. Avec un sourire angélique, il demanda à Brandon si ça lui disait de perdre un peu de fric.

Brandon lança un regard en coin à Steve. Bon sang, qu'est-ce qu'il foutait là ? Pourquoi il s'était encore laissé entraîner dans cette galère ?

En fait, au bout de quelques minutes, il se prit au jeu. Finalement, le poker c'était marrant.

Danny était encore plus sarcastique que Steve, mais Brandon se fichait pas mal de son ironie. Ses remarques ne l'atteignaient pas. Il y eut une nouvelle donne. Brandon regarda son jeu : la cata. C'était nul.

— Je mets dix cents, annonça-t-il.

Danny ricana. Brandon reprit ses dix cents et mit cinq cents à la place. Visiblement, Danny était furax de jouer avec des ringards pareils, qui osaient même pas miser cent balles. Tant mieux.

David s'amusait à faire des grimaces en répétant qu'il s'entraînait à avoir l'air d'un vrai joueur de poker. Brandon n'aurait pas su dire s'il était sérieux ou s'il se foutait d'eux. Peut-être qu'il était pas si idiot que ça, dans le fond.

Steve leur raconta pour la centième fois comment il avait gagné cinq cents balles dans une partie de poker contre Ricardo Montalban. Impossible de dire s'il bluffait ou non. Sa mère était actrice pour la télé et Steve avait côtoyé plein de gens célèbres dans son enfance.

Ils jouèrent pendant plusieurs heures et Brandon commença à sentir la fatigue. Il avait les paupières en plomb. Dans six heures, il fallait qu'il soit de retour au Club, prêt à affronter une nouvelle journée de travail. Même si Steve le raccompagnait chez lui, il faudrait qu'il se lève tôt pour prendre le bus le lendemain. Ça ne lui laissait plus que quatre heures de sommeil. D'accord il était jeune et il s'en remettrait. Mais ça serait pas marrant !

Avant la fin de la soirée, Brandon s'aperçut qu'il avait gagné six dollars. Etonné, il recompta ses gains. Danny hocha la tête.

— T'aurais dû voir ça, il y a deux ou trois ans, quand on a organisé la soirée de la Société de musique de chambre et du Club de poker Ross Wienerblatt. On jouait pas pour des cacahuètes.

— Ross Wienerblatt ? Qui c'est ?

Danny prit un air mystérieux et baissa la voix.

— Personne n'a jamais su.

C'est une blague, songea Brandon. Encore un truc à la con, il se fiche de nous, ce mec.

— Et ils jouent de la musique de chambre ? questionna David.

— Non, pas de musique de chambre. Personne ne sait pourquoi le Club porte ce nom. Mais il existe depuis vingt ans. Une fois par an, en été, on s'habille comme à la grande époque de Las Vegas, on fait la fête et on joue au poker.

Danny les regarda gravement.

— Allez, les gars, montrez que vous respectez le jeu. Il faut organiser une soirée. En plus, il y a toujours des cigares, des chansons de Sinatra et des supernanas.

— Des nanas ? demanda Steve, soudain très intéressé.

— Ouais. Des nanas super bien gaulées, qui sont là rien que pour te porter chance.

Steve et David parurent enthousiasmés par le projet. Brandon lui-même était tenté. Les costumes, la musique, les nanas... Une soirée comme ça, ça devait être méga.

— Mais bien sûr, ajouta Danny d'un air détaché, dans une soirée Ross Wienerblatt, on joue pour du fric, pas pour des prunes.

Il se leva et s'étira.

— Si un jour vous voulez jouer dans la cour des grands, les mecs, appelez-moi. Ça me fera plaisir. Salut !

Danny sortit en leur faisant un petit signe de la main.

— La Société de musique de chambre et du Club de poker Ross Wienerblatt... marmonna Steve, fasciné.

— Ouais, dit Brandon. Ça me branche bien.

9

La soirée Wienerblatt

Sur le chemin du retour, Brandon faillit s'endormir dans la voiture de Steve. Arrivé chez lui, il monta sans bruit dans sa chambre. Ses parents y avaient installé un deuxième lit, ce qui lui évitait d'avoir à dormir sur le canapé. La chambre était un peu petite pour deux, mais il pouvait bien faire ça pour Dylan : c'était son meilleur copain.

Allongé dans l'obscurité, Dylan ne dormait pas. Il dit à Brandon qu'il pensait à Hawaï. En réalité, Brandon savait qu'il pensait à sa mère, à la possibilité de faire la paix, d'aller vivre avec elle au lieu de squatter chez les Walsh.

— Tu rentres tard, fit remarquer Dylan pendant que Brandon se déshabillait dans le noir.

— Ouais. Je suis resté au Club pour jouer au poker. On s'est éclatés.

— T'as misé combien ?

— Bof... tu sais, le fric, ça compte pas. On s'est bien marrés, c'est tout.

Dylan s'assit sur son lit et alluma la lampe de chevet.

— Ne me dis pas que t'as joué pour dix cents, mec ! C'est un truc de ringard.

Brandon haussa les épaules.

— Le jeu c'est pas ça, reprit Dylan. Un vrai joueur peut pas s'éclater s'il risque pas sa chemise dans la partie. De toute façon, un vrai joueur se fiche de gagner ou de perdre. Ce qui compte, c'est *le jeu*. Parce que n'importe quoi peut t'arriver, tu peux pas savoir à l'avance comment ça va finir. C'est de l'adrénaline pure qui te coule dans les veines. C'est pour ça que je joue jamais.

— C'est trop excitant ?

— C'est comme une drogue. Avec mon passé d'alcoolique, j'ai pas intérêt à mettre le doigt dans l'engrenage.

Brandon savait que Dylan avait eu des problèmes avec l'alcool, mais ça ne voulait pas dire qu'il en aurait avec les cartes, si ?

— Ouais, je comprends, marmonna-t-il en se dirigeant vers la salle de bains.

Quelqu'un s'était servi de son shampooing et il n'en restait plus une seule goutte. Ça ne pouvait pas être Brenda, elle utilisait un produit parfumé, un truc de fille. Il n'y avait qu'un seul coupable possible : Dylan. Même les meilleurs potes pouvaient devenir insupportables quand on partageait la salle de bains avec eux. Brenda avait peut-être raison, c'était pas facile de vivre sous le même toit que Dylan.

Brandon se doucha et alla se coucher. Lui aussi s'était laissé avoir par la boisson, c'était même comme ça qu'il avait bousillé sa bagnole. Il valait sans doute mieux qu'il oublie l'existence du Club de poker Wienerblatt. Steve allait le traiter de dégonflé. Mais à quoi ça servait d'aller jouer ? Il était sûr d'y laisser des plumes.

Brandon s'endormit sans avoir pris de décision.

Il lui sembla qu'il venait à peine de fermer les yeux quand son réveil sonna. Il avait mal à la tête et les jambes en coton. Ce veinard de Dylan se retourna dans son lit et se mit à ronfler.

L'air frais du matin lui fit du bien et pendant le trajet en bus, ses angoisses se dissipèrent. Lorsqu'il arriva au Club, il avait les idées plus claires. Il était déjà en train de plier des draps de bain quand Henry entra dans les vestiaires, l'air préoccupé.

— Bonjour, Henry.

— Salut Brandon. Dis, t'as vu personne rôder par là, hier soir ?

— Euh... non. Pourquoi ?

Oh non ! Tout mais pas ça ! Surtout ne pas paniquer. Garder son sang-froid. Cool, Brandon.

Henry se mit à plier des serviettes avec lui.

— Ça doit être des gosses. La plupart des enfants des clients sont corrects, mais tous les ans il y en a qui s'introduisent au Club la nuit pour jouer aux cartes.

— Comment tu t'en es aperçu ?

— J'ai trouvé des morceaux de chips sur la moquette de la salle de jeu et un jeton de poker qui était tombé sous une chaise.

Ma parole, mais c'était Columbo en personne, ce mec !

— Ouais, ça a pas l'air bien grave.

— C'est pas grave, tant qu'il y en a pas un qui fait une connerie. Si un gars se blesse ou n'importe quoi, on aura la police et les inspecteurs d'assurances sur le dos. Et devine qui sera fautif pour ne pas avoir fermé les portes correctement, hein ? C'est bibi.

— Mmmm...

Ross Wienerblatt Poker Club ou pas, Brandon ne pouvait pas attirer des ennuis à Henry. D'ailleurs, ce Danny Waterman n'était qu'un faux-cul. Il lui avait laissé gagner six dollars dans l'espoir de lui en faire perdre soixante, ou même six cents, un peu plus tard. Henry sortit du vestiaire en grommelant :

— Ça me fout en l'air de voir ces gosses de riches se comporter comme si le monde leur appartenait.

Ça foutait Brandon en l'air, lui aussi. Il était pas très fier de lui. Pas question de dénoncer ses potes, mais c'était bien la dernière fois qu'il jouait à ce petit jeu. Le plus difficile, ça allait être d'expliquer ça à Steve.

Brandon balayait les feuilles mortes dans le patio quand celui-ci apparut.

— Wienerblatt, ce soir minuit, chuchota-t-il à Brandon avec un air de conspirateur.

— Et le mot de passe?

— Quel mot de passe?

— Ouais, tu sais. Comme ça, si Henry se pointe on le laissera pas entrer.

— Et pourquoi il se pointerait, ce mec?

Steve paraissait ahuri. Il suivit Brandon qui continuait à balayer.

— Il a tout découvert.

— Il sait que c'était nous?

— Non, mais...

— Mais rien du tout, Brandon! Tant qu'il sait pas que c'est nous, on n'a pas à s'en faire.

— Eh ben, n'y pense plus, je marche pas.

— Tu déconnes, Brandon! Ça te fera du fric pour ta bagnole.

— Non.

— Pense aux cigares!

— Non.

Steve se posta devant Brandon et posa un pied sur le balai.

— Pense aux meufs.

— Lesquelles, par exemple? Quoi, mais qu'est-ce que je raconte, moi? C'est non, je te dis. Non et non.

— T'as qu'à vérifier qu'on laisse la salle propre quand on aura fini.

— J'aime pas ça. Henry prend la chose très au sérieux et j'ai pas envie de lui causer des ennuis.

— Tu y es pour rien. Le responsable c'est moi. Si tu veux, c'est moi qui leur ouvrirai la porte, ce soir.

Steve était dingue. Mais la décision de Brandon était prise. Il gagnerait son argent honnêtement, en travaillant. Et puis il n'avait pas envie de perdre son fric bêtement. Et puis aussi, il n'aimait pas mentir à Henry.

— Allez, Walsh, déconne pas.

Brandon se mit à balayer comme un fou. Steve était du genre coriace.

— Je l'savais depuis le début! Je savais qu'on pouvait compter sur toi! Voilà ce que j'appelle un vrai pote.

Imperturbable, Brandon continua de balayer, sourd à l'appel de l'aventure... Mais pour Steve, c'était une affaire classée.

Donna et Brenda choisirent un endroit stratégique et s'installèrent sur la plage avec tout leur matériel. Draps de bain disposés face au court de volley, crème bronzante, serviettes, lunettes de soleil, poste de radio, bouquins, le tout à portée de main.

Brenda s'allongea sur le ventre, prit son recueil de Shakespeare et se plongea dans la lecture du *Songe d'une nuit d'été*. Il y avait des passages assez drôles, mais dans l'ensemble le sens de la pièce lui parut plutôt obscur. En face d'elle, un mec superbe envoya le ballon de volley par-dessus le filet. Ô été, ô volley-ball... Shakespeare aurait pu écrire une pièce là-dessus.

— Hé, Bren ? fit Donna.

— Hmmm ?

— C'est comment de vivre avec Dylan ?

Brenda lança à Donna un regard noir. Donna avait un petit air innocent, comme toujours.

— Je vis pas avec Dylan. On habite temporairement dans la même maison, c'est tout.

— Ben, c'est ce que je voulais dire.

Donna posa son magazine et se mit à rêver tout haut.

— Tu te rends pas compte ? Tu le vois tout le temps, tu prends le petit déjeuner avec lui, tu...

— Oh ! arrête de divaguer, Donna ! C'est pas du tout comme ça que ça se passe.

— Tu le croises dans le hall, tu le surprends tout nu sous la douche...

— Donna !

Brenda était sincèrement choquée.

— Sans le faire exprès, bien sûr, précisa Donna.

D'accord, ses copines avaient l'esprit mal tourné. C'était le moment de mettre un terme aux rumeurs. Tout ce qu'elle dirait à Donna, Donna le répéterait à Kelly et le lycée entier serait au courant. Brenda répéta mentalement son scénario.

— Si tu veux savoir la vérité, on ne se parle même plus, déclara-t-elle.

— Ah ouais ?

— Je t'assure. Il déprime toute la journée. C'est à peine s'il est poli avec mes parents. Il me dit tout juste bonjour quand on se croise le matin dans la cuisine.

C'était horrible. En réalité, c'est Donna qui avait raison, bien sûr. Dylan déprimait, mais il était quand même là et elle était folle amoureuse de lui. C'était une vraie torture de rester à la maison. Et quand par hasard Dylan lui adressait la parole, c'était encore pire. Il avait l'air tellement malheureux !

— C'est fou ! dit Donna.

— Oui, c'est fou. Et je ne sais pas comment l'aider. C'est comme s'il était en prison avec son père.

Brenda n'avait plus envie de parler de ça. D'ailleurs, elle n'aurait jamais dû commencer. Elle se tourna, ferma les yeux et s'endormit.

Soudain, elle sentit la main de Donna sur son épaule.

— Hé, Brenda ! Tu ressembles à un homard !

Le méga-coup de soleil ! Pendant tout le trajet du retour elle évita de s'appuyer au siège de la voiture. Son dos cuisait. Quand elle arriva à la maison, Mme Walsh décida de lui appliquer une pommade miracle qu'elle gardait toujours dans l'armoire à pharmacie en cas d'urgence : l'odeur était redoutable, mais c'était soi-disant efficace.

— Waouh, Brenda ! s'exclama Dylan. T'as bien travaillé ta couleur.

Merci, ce genre de réflexion, elle s'en serait passée ! Mme Walsh la prit par la main et l'entraîna vers la salle de bains. Brenda essaya de garder l'air digne. Peut-être que cet immonde produit lui ferait du bien, après tout. De toute façon, rien ne pouvait être pire que ce qu'elle endurait...

Brandon inspecta son placard, dans l'espoir de trouver une tenue adéquate pour la soirée Wienerblatt. Tout ce qu'il savait sur les tenues vestimentaires des vrais joueurs, il le tenait des clichés des vieux films ou feuilletons qu'il avait vus à la télé.

James Bond portait toujours un smoking. Mais un costume style années quarante ne serait pas mal non plus. Ou bien une élégante chemise ouverte sur la poitrine, avec des tas de chaînes en or autour du cou. Pourquoi pas ?

Brandon avait toujours admiré James Bond, mais il n'était pas question de mettre un smoking. D'ailleurs, il n'en avait pas. La chemise blanche et les chaînes en or ? Non, ça risquait de faire vulgaire. Finalement, il opta pour un costume sombre, une chemise noire et une cravate blanche. Style polar des années quarante. Avec une paire de bretelles, c'était pas mal du tout. Dommage qu'il n'ait pas trouvé de guêtres.

Il se contemplait dans le miroir de la chambre, quand Dylan entra, l'air renfrogné.

— Salut, Dylan.

— Sale journée. Brenda m'en veut parce que j'ai fait une remarque sur son coup de soleil, ton père me harcèle pour que je téléphone à ma mère... Tu portes une cravate, maintenant ? C'est nouveau ça.

— C'est pour la partie de poker de ce soir.

— Je te remercie de m'avoir invité.

— Ben... c'est pas toi qui avais peur de mettre le doigt dans l'engrenage ?

Dylan leva les yeux au ciel.

— Je sais pas ce que je deviendrais si la famille Walsh ne veillait pas sur moi !

Il se jeta sur son lit, prit un livre et l'ouvrit.

De toute évidence, il était excédé. Cette partie de poker, c'était visiblement la goutte d'eau qui avait fait déborder le vase.

— Ecoute, Dylan... si t'as envie de venir, tu peux.

— Laisse béton. J'ai autre chose à faire.

Dylan ne leva même pas les yeux de son bouquin, mais Brandon était sûr qu'il ne lisait pas. Il finit de s'habiller le plus lentement possible, pour lui laisser une chance de revenir sur sa décision. Rien à faire. On aurait pu entendre une mouche voler dans la chambre. Dur, l'ambiance !

Avant de sortir, il regarda longuement Dylan.

— Bonne soirée, lança-t-il.

En guise de réponse, Dylan émit une espèce de grognement.

C'était dingue. Et il osait dire que Brenda était têtue ? Il ne s'était pas regardé !

Brandon et Brenda se firent emmener au Club par Donna. Les filles avaient un look d'enfer : robes longues, chaussures à semelles compensées, chignons bouclés surmontés de minuscules chapeaux à plumes. Donna avait poussé l'audace jusqu'à draper une étole de fourrure sur ses épaules. Quand elle vit Brandon, elle s'extasia sur son allure de gangster. Il était aux anges. Elle aussi, manifestement.

Au Club, ils retrouvèrent David Silver et Danny Waterman. David portait une veste carrément ringarde : rouge sombre, couverte de motifs représentant des cartes, des dés et des roulettes. Et avec des paillettes, en plus. La totale. Quant à Danny, il faisait plutôt dans le même ordre d'idées que Brandon, et pour couronner le tout, il s'était coiffé d'un vieux feutre marron. On l'aurait dit sorti tout droit d'un film policier.

— Où est Steve ? s'enquit Donna.

— Planqué dans les toilettes. Il a dit qu'il ouvrirait pas la salle à minuit pile.

— C'est presque l'heure, fit remarquer Brandon.

Deux secondes plus tard, il y eut un miaulement derrière la porte. David Silver se mit à aboyer.

— Des vrais gamins ! dit Donna en haussant les épaules d'un air dédaigneux.

La porte s'ouvrit et Steve apparut. Il portait un costume trois pièces finement rayé qui avait dû appartenir à son grand-père. Brandon jeta un regard d'envie sur ses chaussures bicolores. Il s'était collé sous le nez une fausse moustache qui lui donnait une allure folle. Tout le monde s'accorda à dire qu'il était hyperchic.

— C'est tout ? questionna Brandon. On n'attend plus personne ?

— Ben non, pourquoi ?

— T'avais dit qu'il y aurait des meufs, non ?

— Ben, et nous, Brandon ? s'exclama Donna. On est des poêles à frire, peut-être ?

Une main sur la taille, elle se mit à rouler des hanches en faisant tourner la queue de son renard argenté.

— Ouais ! renchérit Brenda. Si j'ai pris la peine de me saper malgré cet horrible coup de soleil, c'est pas pour me faire insulter !

Brandon leva les yeux au ciel. Ce qu'elles pouvaient être susceptibles toutes les deux ! Elles pouvaient pas comprendre, non ?

— D'accord, il y a des nanas. Deux super-nanas. Mais Donna est une copine et Brenda est ma sœur, alors ça ne compte pas. Je croyais que tu avais invité d'autres filles. Des nouvelles.

— Ecoute, Walsh, tu es là pour discuter ou pour jouer au poker ?

Brandon haussa les épaules, découragé. Quand Steve voulait être de mauvaise foi, il n'y avait rien à en tirer.

Steve s'était démené pour préparer la soirée. Il avait installé six chaises autour de la table de jeu. A chaque place, il avait disposé une coupelle de chips, un cigare gros comme un barreau de chaise, et un cendrier. A un bout de la table se trouvait un plateau couvert de jetons de poker.

Il mit la stéréo en route et la voix de crooner de Frank Sinatra emplit la salle.

— Sanders, faut reconnaître que tu fais bien les choses.

— Ouais, on peut me faire confiance, les soirées ça me connaît.

— Pourquoi t'as mis six chaises ? demanda Danny.

— Ben, on est six, non ?

— T'as pas bien compris, expliqua Danny patiemment. En principe les nanas restent debout derrière les mecs. Elles sont là que pour nous porter chance. Elles font partie du décor, en quelque sorte. Il est pas question qu'elles jouent.

De toute évidence, Danny ne fréquentait pas les mêmes nanas qu'eux. Du coin de l'œil, Brandon vit Brenda se crisper comme si elle allait mordre quelqu'un. Elle n'avait qu'un mot à dire et Donna suivrait aussitôt, toutes griffes dehors.

— Si t'as peur qu'on te pique du fric, Danny, t'as qu'à le dire! lança Brenda d'un ton agressif. On peut repartir tout de suite.

— Ah oui alors! s'exclama Donna. Je connais un tas de mecs qui demanderaient pas mieux que de passer la soirée avec deux pin-up comme nous. Pas vrai, Bren?

— Non, non, restez, dit Brandon. Je suis sûr que si Wienerblatt était là il trouverait ça super.

Danny fit le tour de la table du regard. Visiblement, tout le monde était contre lui.

— Bof... après tout, pourquoi pas? déclara-t-il en haussant les épaules.

Ils s'installèrent et commencèrent à jouer. Apparemment, Brandon n'était pas le seul à ne jamais avoir fumé le cigare. Mais c'était une soirée Wienerblatt et il n'était pas question de se défiler. David mis à part, ils firent tous semblant de tirer une bouffée de temps à autre.

Danny commença de distribuer les cartes et s'interrompit brusquement.

— T'allumes pas ton cigare, Silver?

— T'es pas fou, non? Ça pourrait retarder ma croissance.

— Trop tard, marmonna Steve en mâchant le bout de son cigare.

Tout le monde éclata de rire. Brandon leva son cigare devant lui et déclara :

— Mmmm. Pas mal. D'où ils viennent, Sanders ?

— C'est des cigares extra, mec, fais-moi confiance.

— Ils viennent de Cuba ? questionna Donna.

Danny s'impatienta.

— Je dirai plutôt du bled voisin. Alors on joue, oui ?

Avec un rien de nervosité, il se remit à battre les cartes.

— Compte-moi dans le jeu.

La voix venait de la porte. Ils se retournèrent tous d'un même mouvement. C'était Dylan. Son visage était grave. Il portait ses habits de tous les jours, mais à voir son air déterminé, ce n'était pas cela qui allait l'empêcher de jouer au poker.

Brandon n'en revenait pas.

— T'es sûr de ce que tu fais, Dylan ?

— Sûr et certain.

Il vint se placer près de la table, sous le lampadaire qui éclairait la salle d'une lumière blafarde.

— Compte-moi dans le jeu, répéta-t-il en balançant une liasse de billets sur le tapis vert.

— Il joue avec nous, décréta Steve. Donne-lui des cartes, Danny.

Dylan prit une chaise et s'assit. Brenda était catastrophée. Depuis des semaines, elle se décarcassait pour éviter Dylan, au péril de sa santé mentale. Sans succès. La vie le remettait toujours sur son chemin.

En fait, la présence de Dylan changea complètement l'ambiance de la soirée. Jusque-là ils s'étaient amusés à prendre des airs de joueurs. C'était plutôt marrant de se déguiser et de faire semblant de miser gros. Mais dès que Dylan se joignit à eux, les rires disparurent. Maintenant, c'était du sérieux.

Brandon se demanda d'où provenait cet argent. Et où Dylan comptait-il se réapprovisionner s'il perdait son fric? Il y avait des chances pour qu'il n'en sache rien lui-même.

L'argent se mit à circuler autour de la table. Dylan avait un visage parfait pour jouer au poker. Un vrai pro. En temps normal, on avait déjà du mal à savoir ce qu'il pensait. Mais là, c'était carrément impossible.

A la fin d'une donne, il ne resta comme joueurs que Dylan et David. Incroyable! songea Brandon. Le gars le plus cool du lycée confronté au dernier des nases.

Cool ou pas, ça n'avait plus tellement d'importance. La seule chose qui comptait, c'était le jeu qu'on avait en main. Dylan enchérit cinquante dollars, et David commença à s'agiter nerveusement sur sa chaise. Il y eut un interminable silence.

— A toi, Silver, fit Steve.

— Combien faut miser pour continuer ?

— Soixante-quinze dollars, répondit Danny.

Apparemment, ça l'amusait beaucoup de voir David perdre son sang-froid. David jeta soixante-quinze dollars en jetons sur la table. Steve lui lança un coup d'œil approbateur. Brandon était en admiration devant un tel courage. Dylan n'avait pas bluffé une seule fois depuis le début de la partie. Quand il prétendait avoir une superdonne, c'était vrai.

— Alors ? Combien t'en veux ? demanda Danny avec un sourire sadique.

Très concentré, David observa son jeu.

— Deux. Non, trois. Non, deux. Quatre.

Brenda et Donna levèrent les yeux au ciel.

— Merde, Silver ! Déconne pas ! s'exclama Steve.

— Trois. Oui, c'est ça. Trois.

Il jeta trois cartes devant lui et Danny lui en donna trois autres en échange.

Dylan misa encore cinquante dollars et David suivit. Dylan se tourna vers Brandon.

— Tu peux me prêter cinquante ?

— Désolé, mec. J'ai plus un rond.

— Et toi, Sanders ?

Steve n'avait pas l'air enchanté, mais il n'osa pas se défiler.

— Ouais, d'accord.

Il posa un billet de cinquante dollars sur la table.

— Il y a quatre cents dollars dans le jackpot, annonça Danny.

On n'entendait plus que le bruit des respirations autour de la table. La fumée des cigares les enveloppait comme une fine toile d'araignée. Au loin, Sinatra s'acharnait à fredonner doucement.

— Alors? questionna Dylan. Montre ton jeu.

David abattit ses cartes.

— Un as et un carré de deux.

Dylan lança ses cartes sur la table et hocha la tête, écœuré.

— Merde, c'est pas croyable! T'as gagné, mec.

Dylan était livide. Ce n'était pas seulement une question de fric, c'était comme s'il venait de jouer son avenir. Après une seconde de triomphe, David se figea. A cet instant, si quelqu'un lui avait suggéré de rendre ses gains à Dylan, il l'aurait fait sans hésiter. Mais tout le monde savait que Dylan l'aurait refusé. Ce geste n'aurait fait qu'augmenter sa rage.

Dylan se leva.

— Mesdames et messieurs, merci pour cette charmante soirée. Je me suis éclaté.

Il se dirigea vers la porte et Brandon le suivit.

— Comment tu te sens? lui chuchota-t-il en arrivant près de la porte.

Dylan regarda droit devant lui.

— Bien. Un peu énervé, c'est tout. J'vais faire un tour sur la côte. Continuez la partie. Amusez-vous bien.

— Je suis désolé, Dylan.
— Laisse béton. Faut pas que les Walsh se sentent responsables chaque fois que je fais une connerie.

Brandon demeura à la porte, stupéfait. Ses parents et lui avaient trop voulu aider Dylan. Et ça n'avait servi qu'à le mettre mal à l'aise.

Pensif, il retourna s'asseoir à la table de jeu. Les cartes étaient posées en tas devant Steve. Celui-ci brandit le paquet et déclara :
— C'est moi qui distribue.

Mais le charme était rompu. Plus personne n'avait envie de jouer. Brandon parla en leur nom à tous :
— J'ai plus la pêche. On arrête.

Comme convenu, Brandon se chargea du ménage. Il remit les chaises à leur place, balaya les miettes de chips et s'assura que Danny avait rangé tout son matériel de jeu. Avant de partir, il jeta un dernier coup d'œil derrière lui. Impec. Pas la moindre trace de leur passage.

Sur le chemin du retour, il refit mentalement le tour de la salle de jeu. Cette fois, Columbo ne trouverait rien. Mais où était Dylan ? Avec la tronche qu'il tirait, il était capable de tout. Brandon essaya de ne plus y penser. Dylan avait peut-être raison : la sollicitude de la famille Walsh commençait à lui devenir un peu pesante.

Le jour suivant, il eut du mal à émerger. Le manque de sommeil se faisait sentir. Mais il avait un boulot à faire et les clients comptaient sur lui. Steve arriva pendant qu'il installait les transats sur le solarium et commença à lui raconter des histoires de nanas super-branchantes.

Henry traversa le patio et s'approcha, l'air sombre.

— Hé, Sanders ! T'es venu faire une partie de poker ici hier soir ?

Brandon réussit à garder une apparence calme, mais il sentit une onde glacée lui parcourir le dos.

— Moi ? Une partie de poker ? Hier soir ? Non, hier j'ai passé la soirée avec Brandon.

Ouais, super ! Maintenant Brandon avait le choix : soit il mentait à Henry, soit il trahissait son copain. Le mensonge c'était pas son truc, mais il n'y avait plus moyen de faire autrement.

— C'est vrai, Henry. Steve était avec moi. Y a un problème ?

— Venez, je vais vous montrer.

Perplexes, Steve et Brandon le suivirent en se lançant des coups d'œil interrogateurs. Visiblement, ce qui embêtait Henry, ce n'était pas qu'on soit entré dans la salle de jeu après l'heure de fermeture. Ça avait l'air beaucoup plus grave.

Henry se dirigea vers le fond de la salle et saisit une poignée de fils électriques accrochés au mur. Plus de télé, plus de stéréo, plus de magnétoscope. Tout avait disparu !

— Ouais... ben, j'ai pas l'impression qu'on les a emportés juste pour les nettoyer, marmonna Steve.

— T'as raison, mon gars. Ça m'a plutôt l'air d'être un cambriolage.

Brandon revit la tête de Dylan au moment où il avait perdu ses quatre cents dollars en l'espace de quelques secondes. Ce mec n'était pas habitué à manquer de fric. Il n'avait peut-être pas trouvé d'autre solution. C'était difficile à croire, mais... qui pouvait se vanter de connaître réellement Dylan ?

10

Quelqu'un de la maison

A partir de ce moment-là, tout se déroula comme dans un film passé en accéléré. Henry ferma la salle de jeu à clé et Brandon disposa une rangée de transats devant la porte pour en interdire l'accès. Quelques personnes, parmi les plus anciens membres du Club, vinrent se plaindre à la réception. Quand Brandon leur expliqua ce qui s'était passé, ils prirent des airs horrifiés et restèrent sur le solarium pour discuter entre eux. Qui avait fait le coup ?

La police arriva rapidement sur les lieux. L'inspecteur Pena, une femme entre deux âges aux manières brusques, était chargée de l'enquête. Elle paraissait se prendre très au sérieux dans son uniforme noir et blanc. Henry ouvrit la salle de jeu et une équipe d'experts commença à relever les empreintes et chercher des indices. Henry dressa la liste de ce qui avait été volé. L'inspecteur Pena déclara d'entrée de jeu que le cambriolage avait été effectué par quelqu'un de la maison : il n'y avait pas eu effraction. Brandon ne cessait de penser à la soirée Wienerblatt. A quoi ressemblait la salle quand ils étaient partis ? Avait-il bien fermé la porte ? Et les fenêtres ?

Avant qu'Henry lui apprenne ce qui s'était passé, il était certain de tout avoir laissé en ordre. Mais maintenant, le doute était là, insidieux.

Adossé au mur, les sourcils froncés, Henry observait l'inspecteur Pena et son équipe qui s'agitaient en tous sens. Brandon voulut le rassurer.

— Vous en faites pas, Henry. Tout le monde sait que c'est pas votre faute.

— Tu sais pas tout, Walsh. Tôt ou tard, ils vont ressortir mon casier judiciaire.

— Quoi ? Vous avez un casier, vous ?

Henry ne quittait pas les flics des yeux. Il hocha la tête.

— Je devais être à peine plus vieux que toi, quand c'est arrivé. J'étais en balade avec des potes. Je me suis endormi sur la banquette arrière et pendant ce temps ces connards ont rien trouvé de mieux à faire que de casser une baraque à Culver City. Naturellement, ils se sont fait piquer. Je te passe les détails. Bref, quand je me suis réveillé, je me suis fait embarquer avec les autres et accuser de vol et effraction.

— Mais c'est pas juste !

— Juste ou pas, ça n'a plus d'importance. Tout ce qui compte maintenant, c'est que la police est là. Je préférais te raconter tout ça moi-même plutôt que ça soit eux qui te l'apprennent.

On aurait dit que l'inspecteur Pena venait de les entendre, car elle s'approcha d'Henry d'un pas lourd et demanda à lui parler en tête à tête. Henry lança à Brandon un regard accablé et suivit la femme au fond de la salle.

Brandon était anéanti. Il était sûr que les participants à la soirée Wienerblatt n'avaient rien à voir dans cette histoire, mais malgré tout il se sentait coupable. C'était un peu comme si leur comportement avait encouragé les cambrioleurs.

Cool, Brandon, se dit-il en haussant les épaules. Il n'y avait aucune raison d'établir un lien entre la partie de poker et le cambriolage. Mais le sentiment de culpabilité était bien là, écrasant.

Steve s'amusait comme un fou. Il rôdait autour de la salle de jeu en sifflotant l'air de *L'Arnaque*.

— Intéressant, tu trouves pas, que ça ait eu lieu juste le jour où on avait organisé notre soirée Ross Wienerblatt ?

— Ouais… passionnant, répondit Brandon d'un air déprimé.

Manifestement, ils ne voyaient pas les choses sous le même angle.

— Du du du dum, du dum, fredonna Steve.

— Je vois vraiment pas ce qui te plonge dans une telle allégresse.

— Allez, Walsh, fais pas la gueule. On n'a rien à voir dans tout ça.

Oui, mais le casier d'Henry ? Brandon faillit en parler à Steve, mais il décida de se taire. Le passé d'Henry ne regardait personne.

— A cause de toi, j'ai menti à Henry.

— Rien qu'un petit mensonge de rien du tout. Et en plus, c'était pour la bonne cause, non ?

Brandon était de plus en plus furax. Il trouvait Steve odieux, avec son sourire béat. Ça pouvait pas durer comme ça. Il fallait qu'il fasse quelque chose. Peut-être qu'il culpabiliserait un peu moins, comme ça.

— Pour moi, c'était pas un petit mensonge, répliqua-t-il. Et pour Henry non plus.

Il se leva et se dirigea vers la salle de jeu.

— Tu vas où comme ça, mec ?

— Je vais mettre les choses au point.

— Et ton job ? T'as pensé à ton job ? Tu vas te faire virer.

Il se retourna.

— Mon job, t'en as rien à cirer. Tout ce qui t'intéresse, c'est le grand, le magnifique Steve Sanders !

Brandon poussa la porte de la salle. Derrière lui, il entendit Steve qui criait :

— Fais pas le con, Walsh !

Non, il allait pas faire le con. Pour une fois,

au contraire, il allait agir comme un type raisonnable.

Henry et l'inspecteur Pena furent très étonnés en entendant sa déclaration. Du coup, l'inspecteur oublia complètement qu'elle était en train d'interroger Henry. Toute son attention se reporta sur Brandon. Elle paraissait fascinée.

— Je veux les noms et les adresses de tous ceux qui étaient à la soirée Wienerblatt. Allez les chercher dans vos registres, ordonna-t-elle à Henry.

— C'est pas la peine, ils sont tous au Club ce matin. Je les ai vus.

Brandon et Henry rassemblèrent les joueurs de poker devant la salle de jeu. Ils formèrent un petit groupe silencieux et inquiet. L'inspecteur Pena leur avait interdit d'échanger un mot, de peur qu'ils ne se mettent d'accord pour inventer une histoire. Ils lançaient tous des regards haineux à Brandon, qui les avait trahis.

D'accord, il avait cafté. Mais il y avait des choses plus importantes qu'un secret dans la vie, merde! C'était dur, de pas se tromper.

L'inspecteur Pena les appela les uns après les autres. D'abord Danny Waterman, puis Brenda, Steve, Donna et enfin David. Quand elle ressortit avec ce dernier, elle demanda où était Dylan. Personne ne répondit. Finalement, Brandon dit:

— Il n'est pas là.

— Vous savez où il se trouve ?

— Non. Mais dès qu'il rentrera je lui dirai de vous appeler.

— Merci. Monsieur Walsh ?

Brandon la suivit et elle referma la porte derrière eux. Il lui raconta toute l'histoire de la Société de musique de chambre et du Club de poker Ross Wienerblatt. L'inspecteur lui rappela qu'ils avaient commis un acte illégal en s'introduisant au Club la nuit, à l'insu du gérant. Mais ce qui semblait surtout l'intéresser, c'étaient les circonstances dans lesquelles s'était déroulée la soirée. Avaient-ils remarqué une présence suspecte en arrivant ? En repartant ? Les portes et les fenêtres étaient-elles bien fermées ?

Brandon n'avait rien remarqué. Décidément, il était nul ! Aucun don d'observation.

Ce qui sembla retenir particulièrement l'attention de l'inspecteur Pena, c'est le fait que Dylan ait perdu gros au jeu et qu'il n'ait pas attendu les autres pour repartir.

— Oui, mais vous connaissez pas Dylan. Même s'il a des ennuis d'argent, il pensera jamais à voler. Il est pas comme ça.

— Vous le connaissez bien ?

— Très bien. C'est mon meilleur copain.

L'inspecteur Pena remercia Brandon et sortit de la salle avec lui.

— Je vous demande de ne pas quitter la ville jusqu'à nouvel ordre, dit-elle au groupe de joueurs de poker.

Puis elle disparut de nouveau à l'intérieur.

— Alors, comment ça s'est passé pour vous ? demanda Brandon.

Danny Waterman haussa les épaules.

— Ces connards, ils disent qu'on a commis un acte illégal, alors que nos vieux paient la peau du cul pour qu'on ait le droit de fréquenter le Club.

— T'as vu à qui on a affaire ? demanda Steve. Cette dame avait jamais entendu parler de ma mère ! Tout ce qui l'intéressait, c'était de savoir si on avait bien fermé la porte.

— Ben, c'est ça qui est important, non ? dit Brenda en fronçant les sourcils.

— Ouais, d'accord, c'est important. Mais ils sont gonflés de nous accuser. J'ai pas besoin de taxer du matériel vidéo, moi ! Qu'est-ce qu'elle t'a posé comme questions ?

— Elle voulait savoir ce qui s'était passé pendant la soirée. Je me suis sentie obligée de lui raconter cette histoire de chewing-gum que j'avais volés quand j'avais sept ans. Mais elle a dit que je serais pas poursuivie pour vol à l'étalage. C'est un soulagement, non ?

— Ma sœur dans le rôle de la reine du crime ! s'exclama Brandon en levant les yeux au ciel.

— Ouais, moi je croyais qu'elle allait tout me mettre sur le dos à cause du fric que j'ai gagné, fit observer David. Mais elle a eu l'air de s'en balancer complètement.

— Moi, je lui ai dit que j'avais vomi à cause du cigare, déclara Donna.

— Ouais... ça, ça a dû vachement faire avancer le schmilblick.

— D'ailleurs, elle m'a remerciée pour mon aide.

— Eh ben moi, son enquête, je m'en fous ! s'exclama Danny. Tout ce que je veux, c'est qu'elle dise rien à mes vieux. Sinon, ils vont m'obliger à jeter tous mes livres sur le poker et en plus, je serai bouclé à la maison jusqu'à la fin de mes jours !

— Dur, dur... dit Brandon en hochant la tête.

Brenda était dans sa chambre. Elle écrivait une lettre à sa grand-mère, mais elle avait du mal à se concentrer. Ses pensées la ramenaient toujours à Dylan. Personne ne l'avait revu depuis la fameuse partie de poker, la veille. La police voulait absolument le retrouver pour l'interroger. D'après Brandon, il était considéré comme le suspect numéro un.

Quand on connaissait Dylan, on savait qu'il ne pouvait pas avoir fait une chose pareille. Brenda avait hâte de le voir réapparaître. C'était trop dur, de s'inquiéter comme ça pour lui.

Elle se leva et traversa le couloir pour aller aux toilettes. Mais la porte était fermée et elle entendit un bruit de douche à l'intérieur. Brenda poussa un soupir excédé et retourna vers sa chambre. Elle s'arrêta au milieu du couloir, stupéfaite. Brandon était dans sa chambre.

— C'est pas toi qui prends une douche, si je comprends bien ?

— Non, c'est Dylan.

Surtout, ne rien laisser paraître. Rester de marbre. Officiellement elle ne sortait plus avec Dylan, il n'y avait rien entre eux et ce qu'il faisait lui était indifférent. D'un ton détaché, elle demanda :

— Ah, il est revenu ?

— Ouais. Il dit qu'il a dormi dans sa bagnole.

— Il avait besoin de réfléchir ?

— En tout cas, il a rien à voir avec le cambriolage. Il a même l'air de s'en fiche complètement de la stéréo d'Henry. Quand je lui ai raconté cette histoire, il m'a regardé comme si je débarquais de la planète Mars.

Brandon saisit un sac à dos qui traînait sur son lit.

— J'aimerais bien qu'il apprenne à ranger ses affaires, ce mec, j'en ai ras la coupe de ce bordel !

Il s'apprêtait à jeter le sac sur le lit de Dylan, mais il interrompit son geste et tira une enveloppe d'une poche extérieure du sac.

— Tiens ? On dirait qu'il va partir à Hawaï, finalement.

Brenda fit un pas en avant et lança un coup d'œil aux billets d'avion que Brandon tenait à la main. Dylan ne s'entendait pas du tout avec sa mère. S'il avait pris la décision de partir, c'est qu'il n'avait vraiment pas d'autre solution. Il était au bout du rouleau.

— Il vient juste de se décider, alors. Tu as vu ? Le billet a été établi aujourd'hui.

— Ben... c'est pas possible. Avec quoi il l'aurait payé ? Il a perdu tout son fric hier soir.

Ça, c'était mystère... surtout que Dylan n'avait pas de carte de crédit. Brenda n'aimait pas du tout le tour que prenait cette affaire.

— Il a dû trouver l'argent quelque part. T'occupe pas de ça, dit-elle à son frère.

Brandon regarda alternativement les billets et la porte de la salle de bains. Puis il énonça lentement, comme s'il se parlait à lui-même :

— Le Club est cambriolé et soudain, comme par miracle, Dylan trouve la somme nécessaire pour se payer un billet d'avion. Et il met les voiles. Si j'avais l'esprit mal tourné, je pourrais croire que...

— Dylan ne «met pas les voiles», Brandon ! Il va rendre visite à sa mère. Comment peux-tu le soupçonner ? C'est pas un rat d'hôtel merdeux, c'est notre copain !

— Ah oui ? C'est sans doute pour ça qu'il use tout mon shampooing ?

— Tu trouves que c'est le moment de parler de ton shampooing ?

Cette remarque de Brenda irrita Brandon au plus haut point. Il n'avait pas du tout envie qu'on lui fasse la morale. Il fourra les billets dans le sac à dos et lança :

— Désolé, Bren. Mais je viens d'avoir une journée un peu fatigante. Rien de terrible. Je viens seulement de découvrir ce que mes potes sont en réalité. O.K. ?

— O.K. Message reçu. Fin de la conversation.

Brenda alla dans les toilettes de ses parents. En revenant dans sa chambre, elle entendit résonner le carillon de l'entrée.

— J'y vais ! cria-t-elle en descendant l'escalier.

La lettre à grand-mère attendrait. De toute façon elle n'avait pas d'inspiration.

Quand Brenda ouvrit la porte, elle se trouva face à l'inspecteur Pena.

— Oh ! C'est vous ?

— Dylan McKay habite bien ici ?

— Oui.

— C'est sa Porsche ?

— Oui.

— Vous en êtes sûre ? Je veux parler de celle qui est garée dans l'allée, avec un magnétoscope, des amplis et un fax dissimulés à l'arrière sous une couverture.

— Euh... ben... on dirait la sienne, en tout cas.

— J'étais venue pour discuter un peu avec Dylan McKay. Mais maintenant, je vais être obligée de lui demander de me suivre au poste de police pour un petit interrogatoire.

C'était la cata. L'horreur.

Brenda était donc la seule personne au monde à croire en l'innocence de Dylan ? Ou du moins à penser que c'était un type honnête ?

11

Cadeaux d'adieu

L'inspecteur Pena embarqua Dylan dans sa voiture banalisée et l'emmena au commissariat. Les Walsh suivirent dans leur propre voiture. Mme Walsh était scandalisée de voir un garçon aussi sympa que Dylan traité comme un vulgaire criminel. Brenda savait que sa mère ne disait pas ça pour lui faire plaisir, elle le pensait vraiment. Brandon, lui, se taisait.

— Puisqu'il dit que ce matériel lui appartient, pourquoi on le croit pas ? s'exclama Brenda en soupirant.

— J'aimerais le croire, Bren, répliqua Brandon. Mais si c'était vrai, je vois vraiment pas pourquoi il aurait planqué tout ça dans sa bagnole.

On aurait dit que Brandon faisait exprès de ne pas comprendre.

— C'était pas planqué.

— Il y avait une couverture jetée dessus.

— Il devait avoir peur qu'on ne lui casse sa tire pour piquer ce qu'il y avait dedans.

Le rire narquois de Brandon déplut souverainement à Brenda.

— Assez! s'écria M. Walsh. Cessez de discuter.

Ils firent le reste du trajet en silence. Plus personne n'avait envie d'avancer une opinion.

Au poste de police, le père de Brenda fit une sortie qui le rendit à ses yeux plus héroïque que jamais. Elle faillit lui sauter au cou. Ils attendaient déjà depuis un long moment dans une salle sinistre aux murs gris et sales, lorsqu'un policier sortit d'un bureau voisin et leur demanda si l'inspecteur Pena était encore en train d'interroger Dylan. M. Walsh répondit que oui. Alors, le type hocha la tête d'un air désabusé et lança :

— Tel père, tel fils!

M. Walsh se leva et demanda, d'un air très digne :

— Dylan McKay a-t-il été inculpé?

— Non.

— Il n'y a pas de charges retenues contre lui?

— Non.

— Alors vous le condamnez d'avance, sous prétexte que son père a *peut-être* commis des illégalités?

Pas possible! C'était pourtant lui qui lui

avait interdit de sortir avec Dylan parce que son père était un escroc! Alors ça, ça la sciait!

« Papa est vraiment un amour », songea-t-elle, éperdue de reconnaissance.

De l'autre côté de la salle, Brandon buvait un verre d'eau. Lui, en revanche, refusait toujours de croire en l'innocence de Dylan. Les rôles s'étaient inversés.

Le policier jeta à M. Walsh un regard glacial.

— Vous êtes son avocat?

— Non. Mais moi, je le connais. Ce n'est pas votre cas.

Le flic l'observa encore quelques secondes, puis ressortit.

— Enchanté d'avoir fait votre connaissance, lança-t-il d'un ton sarcastique.

— Moi de même.

Quand le policier eut disparu, Mme Walsh tapota la main de sa fille et lui chuchota:

— Alors, Bren! Comment tu trouves ton père?

— Waouh... super!

Brandon garda le silence, visiblement peu impressionné par l'attitude courageuse de M. Walsh.

En arrivant à la maison Dylan retourna dans la salle de bains, car l'arrivée impromptue de l'inspecteur Pena l'avait empêché de prendre sa douche. Manque de chance, Brandon voulait aussi utiliser la salle de bains. S'il ne prenait pas une douche tout de suite, on finirait par croire qu'il avait viré grunge. Et il n'avait plus du tout envie de partager sa salle de bains avec un mec qui lui faisait des cachotteries.

En plus, il ne se sentait pas très à l'aise dans ses baskets. Malgré les soupçons qu'il nourrissait à l'égard de Dylan, il avait caché à la police un fait qui avait son importance. Il fallait espérer que la situation serait éclaircie avant qu'il ne se trouve dans l'obligation de le leur révéler.

— J'espère que t'es pas en train d'user tout mon shampooing! hurla-t-il derrière la porte de la salle de bains. Oh, mais non! J'oubliais. Tu ne risques pas de le finir, puisqu'il n'y en a plus une goutte. Tu l'as vidé hier.

Dylan sortit, enveloppé dans le peignoir en éponge prêté par Mme Walsh.

— Qu'est-ce qui te prend? Ne me dis pas que tu fais tout ce ramdam pour du shampooing!

— C'est vrai. Je m'en fous, du shampooing! Ce qui compte, c'est ton histoire avec les flics. Mais t'inquiète pas, mec, j'ai rien dit.

Dylan lui lança un regard médusé.

— A quel sujet?

— Les tickets du mont-de-piété que j'ai trouvés dans *ma* corbeille à papier. Qu'est-ce que tu dis de ça, hein ? Si j'en avais parlé, tu te retrouvais en tôle pour des années.

— En tôle ? Je vois pas pourquoi. J'ai bien le droit de mettre mes affaires au clou si j'en ai envie.

C'était ce qui s'appelait avoir de l'aplomb. Il ne manquait pas d'air, ce type !

— Tes affaires ? Je les connais tes affaires ! Elles foutent le bordel dans toute ma chambre.

Dylan saisit Brandon par les épaules et le secoua.

— Tu vas arrêter de gueuler, oui ? Ecoute-moi cinq minutes, Brandon.

Brandon croisa les bras et s'assit sur son lit. Dylan n'avait pas intérêt à l'embobiner, cette fois.

— Ces trucs-là m'appartenaient, mais je les ai jamais apportés ici. Ils étaient dans un garde-meuble.

Dylan s'assit sur son lit, face à Brandon, tout en se séchant les cheveux avec une serviette de toilette.

— Tu peux pas savoir ce que c'est, d'être obligé de mettre tous ses objets personnels au clou les uns après les autres. Un jour c'était mes skis, un autre ma guitare. J'ai même mis en gage ma stéréo et la montre de mon grand-père. Et je te raconte pas à quoi elle ressemble, la bonne femme du mont-de-piété. Gracieuse comme une porte de prison. Tout ça pour pouvoir survivre !

— Dylan, je...

Brandon ne trouvait plus ses mots. Si Dylan disait la vérité, il s'était comporté comme un minable.

— Je te l'ai pas dit, mais j'ai même mis ma Porsche en vente. Après, j'aurai plus rien à moi.

— Et le billet pour Hawaï?

— Ben, j'ai plus tellement le choix. Il faut que j'aille voir ma mère.

— Ta mère? Mais tu disais qu'elle t'avait laissé choir, que tu voulais plus avoir affaire à elle.

— On a parlé une heure au téléphone. C'est elle qui m'a payé le voyage.

Tout le monde pouvait se tromper, songea Brandon. Il fallait avouer que les apparences étaient contre Dylan.

— Pourquoi tu ne nous as rien dit?

Il y eut un long silence. Finalement, Dylan respira un grand coup et se décida à répondre.

— Je pouvais pas. Tu comprends, je suis pas le genre de type qui va voir sa mère quand ça va pas.

Ils restèrent un moment assis face à face, sans échanger une parole. Ce n'était peut-être pas facile de s'appeler Dylan McKay. Tout le monde pensait que Dylan était super-cool, et qu'il pouvait avoir toutes les nanas qu'il voulait. Mais il y avait aussi le revers de la médaille. Les mecs ordinaires n'avaient pas autant de problèmes que lui, ils pouvaient faire ce qu'ils voulaient sans qu'on ait les yeux braqués sur eux. Lui, il ne pouvait même pas aller acheter le pain sans faire l'objet de commentaires plus ou moins bienveillants. D'accord, Dylan se fichait royalement de l'opinion des autres, mais il avait quand même sa fierté.

En tout cas, Brandon était drôlement content de n'être que Brandon Walsh, même si sa vie n'était pas toujours marrante.

Pour la deuxième fois de l'été, Brandon se rendit au Club en se demandant s'il y était toujours employé. La première fois, Jerry Rattinger avait bien failli le faire virer. Mais là, c'était bien plus grave car il était seul responsable de la situation. Henry allait sans doute le fiche à la porte à cause de cette histoire de poker. C'est vrai, il lui avait menti. Eh bien, il ne rendrait pas les choses encore plus difficiles en protestant contre sa décision. Il encaisserait le coup sans ciller.

Quand Brandon arriva au Club, Henry était installé dans la véranda de son bungalow et il regardait *Les Feux de l'amour* sur une télé portable. L'épisode venait juste de se terminer. Il éteignit la télé et observa Brandon. Impossible de dire ce qu'il pensait. Son expression était impénétrable.

— Alors, Henry ? Je travaille encore ici ?
— On dirait que tu me poses toujours les mêmes questions !

— Ben, je...

Henry ne le laissa pas finir. Il parla les yeux dans le vague, comme s'il s'adressait à l'océan.

— Il y a deux cas de figure. Soit je suis agacé, foncièrement agacé, parce que tu m'as menti, soit je suis content parce que tu as dit la vérité à la police. J'hésite. Je me sens agacé et satisfait à la fois. Quelque part, malgré les apparences, t'es pas un mauvais gars.

— Merci, Henry.

Brandon se dirigeait vers le vestiaire quand Henry le rappela :

— Hé, Walsh.

— Oui ?

— J'ai une bonne nouvelle pour toi. Tu connais le Los Angeles Beach Club, au bout de la plage ? Ils ont eu exactement le même cambriolage que nous la nuit dernière.

C'était sûrement une nouvelle importante, mais Brandon n'en voyait pas toute la portée pour l'instant.

— Eh ben, c'est super, Henry.

— Un peu d'enthousiasme, Walsh ! Tu sais pas tout. Cette fois, les mecs se sont fait piquer par les flics.

— Qui c'était ?

— Des employés de la Sea Shell, l'entreprise de blanchisserie qui travaille pour tous les clubs de la côte. Je devrais dire «qui travaillait», d'ailleurs. Ils sont virés.

— Waouh ! C'est le super scoop ! Faut que j'appelle Dylan !

— Pas la peine, je l'ai déjà prévenu.
Finalement, Brandon ne s'était pas trompé au sujet de Dylan. Même complètement sur la paille, il n'était pas du genre à voler. Il poussa un long soupir de soulagement.

Le jour suivant, Brenda retourna à la plage, mais cette fois, couverte de la tête aux pieds : pantalon, chemise à manches longues, chapeau à large bord et écran total pour le nez. Allongée à côté de Donna, elle peinait encore sur sa lettre à sa grand-mère quand David s'approcha d'elles. Il montra à Donna une épaisse liasse de billets et lui demanda :
— Je t'offre un pot ?
— Oh, ça va. Arrête ton cinéma, répondit Donna avant de se replonger dans la lecture de *Cosmo*.
Visiblement déçu, David remit les billets dans sa poche et s'éloigna.
Un peu plus tard, Brenda eut un choc en apercevant Andrea. C'était bien la première fois qu'elle avait envie de bronzer ! Elle sortit un paquet de journaux de son sac de plage et déclara :
— La bronzette, d'accord, mais pas n'importe comment. J'ai pas envie de me transformer en écrevisse, moi !
— T'as raison, dit Brenda en fouillant dans son sac.

Elle en sortit un immense chapeau en toile qu'elle déplia et posa sur la tête d'Andrea.

— Alors, commence par mettre ça !

Elles se mirent à rire. Andrea rangea ses journaux et garda son chapeau tout l'après-midi.

Ce soir-là, Dylan vint trouver Brenda dans sa chambre pour lui dire au revoir. Il hésita à la serrer dans ses bras à cause du coup de soleil, mais Brenda lui affirma qu'elle allait beaucoup mieux.

— L'horrible pommade de maman est très efficace, tu sais.

Ils restèrent quelques minutes blottis l'un contre l'autre.

— Ça me fait du bien de savoir que tu as toujours cru en mon innocence, murmura Dylan.

— Pas en ton innocence. En ton honnêteté, fit remarquer Brenda avec un petit rire.

— Ouais, bon. N'empêche, ça m'a fait plaisir.

— Tu sais, je n'ai aucun mérite. Je te croyais, c'est tout.

— T'es vraiment une fille super. Parce que même moi, je savais plus trop ce que je devais penser. Après tout, qui sait ? Je tiens peut-être vraiment de mon père. Regarde Brandon, c'est fou ce qu'il ressemble à son père. C'est même ça qui me plaît chez lui.

Dylan devenait un peu trop grave au goût

de Brenda. Il était seulement venu lui dire au revoir. Il reviendrait.

— Promets-moi de bien t'amuser à Hawaï.

— Ouais, c'est promis. Toi aussi, tu dois me faire une promesse.

— Ah bon ?

— Ne prends plus de coup de soleil !

Brenda se mit à rire, puis à pleurer et se serra très fort contre lui. Elle avait mal au dos ? Oh, si peu...

Assis à son bureau, Brandon lisait un recueil de nouvelles d'Hemingway. Il avait une admiration sans bornes pour ce type, un journaliste qui avait voyagé et touché à tout. D'accord, il s'était suicidé. C'était pas une fin géniale, mais Brandon était prêt à lui pardonner ce coup-là.

La valise de Dylan était posée sur le lit. Tout y était, il n'avait plus qu'à la fermer avant de partir. Brandon n'était pas fier de lui. Il n'avait pas cru en l'innocence de son copain et maintenant, il ne savait plus comment faire pour qu'ils ne se quittent pas fâchés. Il avait bien trouvé une solution, mais il n'était pas sûr que ça marche.

Dylan entra.

— Hé, Brandon ! Tu veux fouiller ma valise, pour voir si j'emporte rien qui t'appartient ?

Brandon sursauta et se leva.

— Quoi ? Moi ? J'espère qu'on a dépassé ce stade, vieux.

— Ouais, je crois bien.

Ils se serrèrent la main.

— Pour te prouver que je ne t'en veux pas, j'ai un petit quelque chose pour toi, dit Brandon.

— Oh, il fallait pas...

Brandon ouvrit un tiroir et en sortit un flacon de shampooing entouré d'un énorme ruban rose. Dylan éclata de rire.

— Ben, comme tu l'as tout utilisé, j'ai pensé qu'il t'en faudrait une bouteille neuve.

— Ouais. Moi aussi, j'ai un cadeau pour toi.

Dylan fouilla dans sa valise et en retira une bouteille de shampooing identique.

Ils se gondolèrent tous les deux comme des fous.

Dylan était un type extra, tout allait s'arranger pour lui. Brandon avait toujours son job au Beach Club. Et Brenda avait survécu à son coup de soleil... et à son cours d'art dramatique.

On se payait vraiment des vacances d'enfer à Beverly Hills !

Composition Interligne B-Liège
Achevé d'imprimer en Europe (France)
par Brodard et Taupin à La Flèche (Sarthe)
le 3 avril 1995. 1708L-5
Dépôt légal avril 1995. ISBN 2-277-23716-7
1ᵉʳ dépôt légal dans la collection : juin 1994

Éditions J'ai lu
27, rue Cassette, 75006 Paris
Diffusion France et étranger : Flammarion